KB273688

버티는 마음을　　적어둡니다

버티는 마음을 적어둡니다

불확실한 하루를 건너는 문장 기록

초 판 1쇄 2026년 02월 25일

지은이 변한다
펴낸이 류종렬

펴낸곳 미다스북스
본부장 임종익
편집장 이다경, 김가영
디자인 윤가희, 임인영, 윤영빈
책임진행 안채원, 이예나, 김은진, 국소리, 송가희, 이지영

등록 2001년 3월 21일 제2001-000040호
주소 서울시 마포구 양화로 133 서교타워 711호, 808호
전화 02) 322-7802~3
팩스 02) 6007-1845
블로그 http://blog.naver.com/midasbooks
전자주소 midasbooks@hanmail.net
페이스북 https://www.facebook.com/midasbooks425
인스타그램 https://www.instagram.com/midasbooks

ⓒ 변한다, 미다스북스 2026, *Printed in Korea*.

ISBN 979-11-7355-729-3 03810

값 18,000원

미다스북스는 다음세대에게 필요한 지혜와 교양을 생각합니다.

불확실한 하루를
건너는
문장 기록 ——————— "흔들리는 나를 세우는
필사의 시간"

버티는 마음을 적어둡니다

박한다 지음

미다스북스

무너지지 않고
여기까지 온 마음에게

사는 동안만큼은
자신에게 조금 관대해지길

변 한 다

이 책을

_______________에게

"이제는 더 쌓기보다,
꺼내야 할 시간이다."

새벽 공기를 가르는 첫차를 타고 경상도 남쪽의 어느 도시로 향했던 날이 있었다. 우중충한 아침을 가로지르며, 한 시간 넘게 독자님들을 만났다.

"지옥으로 가는 길은 수많은 부사로 덮여 있다."
스티븐 킹의 말을 빌려 불안과 걱정, 생각이 많은 분들에게 내가 가장 신뢰하는 생각 정리법은 글쓰기라고 전했다. 출판기획서를 어떻게 써야 하느냐는 질문에는 복잡한 요령 대신 세 가지만 이야기했다.

이 책을 왜 쓰는지,
누가 이 책을 읽을 사람인지,
무엇이 다른지에 대해
스스로 얼마나 솔직해질 수 있는지.

20대 독자에게는 지금 이 나이에 글쓰기를 시작한다면 훨씬 정돈된 삶을 살 수 있을 거라고 말했다. 나이가 들수록 말은 아끼고, 남기고 싶은 건 글로 적어두라고. 채우는 데만 몰두하지 말고 비우고, 고르고, 집중하는 힘을 기르는 데는 책만 한 간접경험이 없다고도 덧붙였다.

아이를 키우며 자주 드는 생각이 있다. 내가 살아온 시간의 지혜가 아이와 후배에게 과연 어떤 도움이 될 수 있을까. 그래서 함부로 충고하거나 평가하기보다, 그 시간에 나 자신을 들여다보고 공부하고, 쓰는 쪽을 택하기로 했다.

죽기 전까지, 누구도 대신 살아줄 수 없는 자신만의 이야기 하나쯤은 끝내 꺼내놓아야 한다고 믿는다. "내일 하겠다, 아니 모레가 더 낫겠다."라는 말로 시간을 미루지 말고, 판단이 섰다면 오늘, 책상 앞에 앉아보시라고 권했다. 당장 나를 만나 단 한 사람이라도 글을 쓰기 시작한다면, 그것만으로도 충분히 의미가 있다고 느꼈다. 이상하게도 그날 돌아오는 길, 마음이 한결 차분해졌다.

며칠 뒤, 한 출판사 대표와 통화를 하게 됐다. 일 이야기와 나의 시간을 오가며 대화를 이어가다, 마음속에 오래 머물던 질문을 조심스럽게 꺼냈다. 어쩌면 지금이, 내가 나 자신의 이야기를 외면하지 않고 마주해야 할 순간은 아닐까. 지금 겪는 일들이 우연이 아니라 어떤 방향을 가리키는 신호일지도 모른다는 생각이 들었다.

그는 망설임 없이 말했다.
"이제 그만 채우고 당신을 내놓을 때입니다. 지금이 바로 그럴 시간입니다."

그 말은 충고라기보다, 허락처럼 들렸다. 어쩌면 지금까지 내가 가장 듣고 싶었고, 필요했던 문장이었을지도 모른다. 이제는 더 쌓기보다 꺼내야 할 시간, 모으는 시절을 지나 조심스럽게 밖으로 건네는 삶으로, 나는 이 책을 그 첫걸음으로 삼아보려 한다.

이 책이 지금 당장 무언가를 바꾸지 못하더라도, 당신이 잠시 멈춰 자기 마음을 들여다보는 작은 계기가 되었으면 좋겠다. 오늘을 견디느라 애쓴 마음을 함부로 몰아세우지 않았으면 한다. 이 페이지들 사이에서만큼은 조금 느슨해져도 괜찮다.

이 책은 그렇게 당신 곁에 조용히 놓이고 싶다.

목차

1장

참는

선택 앞에

선 날들

이 장은
말하지 않기로 한 순간들,
넘어가지 않고 버틴 하루들,
그렇게 나를 지켜온 선택들을 담고 있습니다.

우리는 늘 더 강해지는 법만 배워왔습니다.

하지만 어떤 날은
참는 것이, 물러서는 것이,
살아남는 방식이 되기도 했습니다.

이 장의 문장들은
대단해지지 않아도 괜찮았던 날,
그럼에도 무너지지 않았던 마음을 불러냅니다.

당신이 지나온 '버틴 시간'과
조용히 포개어 써 내려가 보세요.

나를 위한 여백

이 장을 읽기 전에,
잠시 멈춰 지금의 나를 살펴봅니다.
견뎌온 시간 위에 서 있는
오늘의 마음을 먼저 적어보세요.

• 최근 말하지 않기로 선택한 순간은 언제였나요?

• 무엇을 지키기 위한 것이었나요?

• 오늘 하루, 나는 무엇을 버텨냈나요?

01

옳고 그름 사이에
멈춰 섰던 날

예전 직장에서 함께 일했던 거래처 사장님에게서 전화가 왔다. 요즘 왜 SNS를 안 하느냐고 묻는다. 잠은 다 잤다. 북토크를 하러 곧 버스를 타야 한다. 카페라테 한 잔으로 졸음을 쫓으며 이렇게 글을 쓴다.

이직한 지 딱 한 달. 얼마 전에 첫 월급도 받았다. 정신없이 바쁘고, 눈에 열이 날 만큼 고되지만 조금만 더 익숙해지면 연말쯤엔 책 한 권은 써야겠다는 생각이 든다. 짧은 단상들이 자꾸만 머릿속에 떠오른다.

그동안 밀린 유튜브를 보다 보니 화두는 또 '갑질'이었다. 인기 개그우먼이 매니저에게 술심부름 등 허드렛일을 시키고, 사적인 파티의 뒷정리까지 맡겼다는 이야기였다. 일의 경계와 역할을 넘어선 요구들이 하나둘 수면 위로 올라왔다. 대중의 사랑을 받는 직업일수록 주변 사람들의 헌신은 당연한 것으로 오해되기 쉽다. 웃음을 파는 자리 뒤에서 누군가는 침묵으로 버티고 있었다는 사실이 더 씁쓸하게 다가왔다.

문득 예전에 모셨던 분이 떠오른다. 아침 일정 때문에 몇 번 댁 근처로 간 적이 있는데, 그때마다 직접 쓰레기봉투를 한가득 들고 나와 말없이 분리수거를 하고 계셨다. "도와드릴까요?"라고 여쭈면 "아이고, 손 더러워져. 뭘 이런 걸 도와줘." 하며 손사래를 치던, 심성이 참 고왔던 분이었다.

'갑질'이라는 단어에는, 내게도 지워지지 않는 기억 하나가 있다. 공직 시절, 한 과장에게 언성을 높였던 일이다. 그 일은 제보로 이어져 지역 언론 기사로까지 나갔다. 억울했는지와는 별개로, 나는 사과했다. 퇴직할 때까지 연락을 주고받으며 관계도 회복했다. 그럼에도 그때의 아찔함은 아직도 또렷하게 남아 있다.

품의로 올린 계약서 결재가 나자, 등기를 보내기 위해 근처 우체국에 다녀왔다. 왕복 30분 남짓이었지만 살짝 어지러웠다. 거의 반쯤 정신이 나간 채 사무실에 들어오자 동료가 말했다.

"그런 건 제가 가면 되지, 왜 이 뙤약볕에 다녀오셨어요?"

웃음이 나왔다. "너한텐 이게 불볕더위가 아니라 볕 좋은 가을이냐?"

그리고 속으로 중얼거렸다. 길에서 무슨 일이 생기더라도, 이런 건 앞으로도 내가 하겠다고.

그런 기사와 부끄러운 기억들을 안고서도, 나는 오랫동안 스스로를 꽤 겸손한 사람이라고 믿어왔다. 특히 동료들 앞에서는 신입·대리 시절, 내가 했던 자잘한 실무들을 의도적으로 미루지 않으려 늘 스스로를 경계해왔다. 때로는 그게 병적으로 보일 만큼.

그러다 문득 멈춰 서서 생각한다. 이건 정말 나만의 기준일까. 어쩌면 그때의 기사가 나에게는 하나의 검열이자 성찰의 시간이었듯, 지금의 논란 역시 누군가에게는 같은 시간이 될지도 모른다.

아버지가 늘 하시던 말이 있다.

"모든 일에는 양면성이 있다."

죽을 만큼 힘들었고,

미치도록 분통이 터졌지만

죽지 않았고, 미치지 않았다면

지나고 나면 결국

좋은 것도, 나쁜 것도

선명하게 남지 않는다.

그래서 세상은 무채색이고, 우리는 늘 개와 늑대의 시간 어딘가
에 서 있는 것인지도 모른다.

오늘의 문장

"죽지 않았고, 미치지 않았다면

지나고 나면 결국 좋은 것도 나쁜 것도 없다."

이 문장을 읽고 떠오른 나의 말

02

혼자가 아니라는 감각

드라마 〈서울 자가 대기업 김부장 이야기〉를 보다가 주책없게 눈물을 흘리고 말았다. 회사 지하 주차장에서 임원 차를 손세차하던 김부장에게 송과장이 건넨 말 한마디,

"존경합니다. 진심으로요."

그 장면을 보는 순간, 이상하게도 아버지가 떠올랐다. 대기업에서 오래 일하다가 그만뒀을 때, 그 선택이 못내 안타까웠다.

"우리 아빠 대기업 부장이야." 그 말이 괜히 자랑처럼 입에 붙어 있던 시절이 있었다. 그래서 왜 그렇게 좋은 회사를 끝까지 다니지 못했느냐고, 볼멘소리를 한 적도 있다.

하지만 지금, 직장 생활 20년이 넘으니 조금씩 보이기 시작한다. 아버지가 감당했을 책임과 두려움, 그리고 익숙함을 내려놓고 새로운 결정을 한다는 것이 얼마나 큰 용기였는지를.

그래서 스스로에게 묻게 된다. 왜 나는 그때 아버지의 판단을 존중하지 못했을까. 그 역시 치열한 삶의 현장이었는데. 그리고 문득 깨닫는다. 10여년 넘게 다니던 전 직장을 뛰쳐나온 나의 방향 전환 역시 아버지의 그날과 닮아 있었다는 것을.

그래서일까. 나는 지금, 내 아이에게서 비슷한 질문을 듣고 있다.

왜 그때 조금 더 참고,
그 자리를 끝까지 지키지 않았느냐는
그 나름의 지적을.

그 말 앞에서 나는 쉽게 대답하지 못한다. 아버지를 이해하지 못했던 그 시절의 내가, 고스란히 나를 마주 보고 있는 것 같아서다. 시간이 지나면 아이도 언젠가는, 이 질문을 다른 결로 받아들이게 될까. 자신이 살아갈 자리에서, 스스로의 삶을 건너가며.

또 하나 잊히지 않는 장면이 있다. 아내 박하진이 김부장에게 건넨 말,

"당신이 선택한 건 다 이유가 있어. 나는 믿어."

그 말을 들으며 생각했다. 나도 언젠가 내 남편에게, 내 친구에게, 그의 길을 먼저 신뢰해주는 사람이 될 수 있을까.

삶은 끊임없이 방향을 묻는다. 그 앞에서 사람이 끝까지 걸어갈 수 있게 만드는 것은 결과가 아니라, 곁에 있는 누군가의 믿음일지도 모른다. 그리고 나는 이제야 알게 된다. 한 세대를 건너, 같은 질문이 되돌아오는 순간을 통해 우리는 비로소 서로의 선택을 이해하게 된다는 것을.

아마 그것이, 삶이 우리에게 건네는 방식일 것이다.

오늘의 문장

"선택을 버티게 하는 힘은,

성과가 아니라 누군가의 믿음이다."

이 문장을 오늘의 나에게 건네는 말로 바꾼다면

03

그 한마디의 무게

"절벽에서 떨어지는 심정이었습니다. 손을 뻗어 잡을 것도, 발을 디딜 곳도 없이 그대로 아래로 끌려가는 기분이었어요."

저녁 뉴스를 틀어둔 채였다. 정년을 앞두고 회사를 떠난 한 중년 가장의 인터뷰가 흘러나왔다. 나는 설거지를 하다가, 결국 멈춰 선 채 울고 말았다. 지금 생각해보면 그리 특별한 사연은 아니었다. 사원증을 반납했고, 이제는 아침에 출근할 이유가 없다는 이야기. 다만 그가 마지막에 덧붙인 한마디가 오래 남았다.

"그래도 아내가 '그동안 수고했어요.'라고 말해줘서 그나마 버틸 수 있었어요."

그 말이 이상하게 가슴을 쳤다. "당신이라면 어떨 것 같아?" 남편이 물었다. 일을 쉬게 되거나, 속도가 늦춰지는 순간이 온다면 나는 과연 아무렇지 않은 얼굴로 그 말을 해줄 수 있을까.

우리는 결혼 이후 내내 주말부부다. 내가 수년간 지방에서 일하다 올라오니, 이제는 남편이 매주 일요일 오후 네 시 반이면 회사 버스를 타기 위해 집을 나선다. 그 시간이 어느덧 10여년이 되었다. 그 반복이 얼마나 고단한지, 그 길 위에서 쌓였을 피로와 무력감을 나는 누구보다 잘 안다. 어느새 쉰이 된 그의 어깨에 보이지 않게 내려앉은 삶의 무게도.

그래서 울음이 더 북받쳤다. 그건 단순한 슬픔이 아니었다. 미안함과 고마움, 그리고 아직 말하지 못한 마음들이 한꺼번에 밀려 올라왔다. 나는 마음속으로 다짐했다. 언젠가 그가 일의 속도를 늦추게 되는 날이 오더라도, 아무렇지 않은 얼굴로 이렇게 말해주고 싶다고.

"당신, 정말 잘 버텼어. 잘 살아냈어." 성과로 증명하지 않아도, 직함이 사라져도, 여전히 괜찮은 사람이라고.

나는 먼저 그런 사람이 되고 싶다. 그리고 언젠가 이 글을 읽게 될 누군가에게도 조용히 등을 내어줄 수 있기를 바란다. 말없이, 아무 조건 없이.

오늘의 문장

"견디는 사람에게 필요한 건

설명이 아니라, 인정이다."

이 문장을 나의 말투로 다시 써본다면

04

아직 일터라는
무대 위에 서 있다

"너 아마추어냐."

합류한 지 한 달쯤 되었을 때였다. 백여 명은 족히 들어갈 법한 커다란 회의실 한복판에서 나는 그 말을 들었다. 그리고 공교롭게도 그날, 10만 원이 넘는 수액을 맞았다. 몸은 축 늘어졌는데, 이상하게도 꽤 호사스러운 하루처럼 느껴졌다.

비가 오면 맞고, 눈이 오면 또 맞았다. 피할 생각도, 여력도 없었다. 이렇게 맞다 보면 언젠가는 뭐라도 되겠지, 막연히 그렇게 믿었다. 그런데 지금 돌아보면 딱히 '된 것'은 없고, 나이만 스무 살쯤 더 먹었다는 사실을 담담히 마주하게 된다.

사실 천둥과 번개, 우박, 진눈깨비가 지금도 매일같이 쏟아진다. 앞으로 가고 있는 건지, 제자리에서 발만 구르고 있는 건지 알 길이 없다. 오늘 하루를 버텼다는 이유로 스스로를 토닥일 새도 없이, 내일은 어김없이 도착한다.

나이가 들수록 점점 건조해지는 눈은 더 쉽게 찢어지고 더 아프다. 얼얼하게. 왕년에 스릴러 마니아였다고, VIP 대우라도 해주는 걸까. 매일이 환장의 대서사극이다.

그런데 참 희한하게도, 오전에 "아마추어"라는 말을 듣고도, 점심에 그를 마주하게 되면, 아무 일 없다는 듯 웃으며 "○○님, 맛있게 식사하셨습니까?"라고 인사를 건네는 나를 발견한다. 이게 넉살인지, 고도의 연기인지 이제는 나조차도 헷갈린다.

다만 분명한 건, 그 말 덕분에 절치부심했고, 입에서 단내 풀풀 나도록 일했다는 사실이다. 아는 얼굴과 모르는 얼굴 사이를 오가며 쓸 수 있는 모든 휴민트를 끌어다 썼다. 이를 악물고 만든 성과들이 그날의 나를 간신히 떠받쳤다.

그러니까 오늘도 나는 또 한 번 맞았고, 또 한 번 견뎠고, 또 한 번은 해냈다. 성장했는지는 잘 모르겠다. 다만 아직은 완전히 주저 앉지 않았다는 것, 그 사실만은 분명하다.

이상하게도 그렇게까지 몰리고 나서야 몸이 먼저 반응하고, 마음 은 한 박자 늦게 따라온다. 수액이 혈관을 타고 돌 무렵에야 비로소 이런 생각이 든다. 아, 오늘도 나는 나를 함부로 두지 않으려고 부 단히 애를 썼구나.

어쩌면 나는

뭐라도 되기 위해 견딘 게 아니라,

완전히 망가지지 않기 위해

하루를 넘겨온 건지도 모른다.

김종원의 『한 번 사는 인생, 어떻게 살아야 하는가』에는 이런 문 장이 있다. 분노와 비방이 담긴 말은 원래 주인에게 돌려보내라고. 프리드리히 빌헬름 니체의 말처럼 타인에 대한 비난과 험담은 껍데 기만 있을 뿐, 사실이라는 알맹이가 없기 때문이다. 내가 정말 아마 추어가 아니라면, 그 말은 그저 그 사람의 몫일뿐이다.

대단하지는 않아도, 부끄럽지는 않게.

오늘도 나는 그 링 위에서 끝내 내려오지 않았다.

오늘의 문장

"오늘도 나는 나를 함부로

두지 않으려고 애썼다."

이 문장을 읽고 떠오른 나의 말

05

결말과 성과에
얽매이지 않는 자리

동료가 주말에 뭐 하냐고 물었다. 새 책이 나와서 토요일에는 북토크, 일요일에는 출근한다고 했다. 그는 혀를 내두르며 말했다. "이렇게 치열하게 사는 분은 처음 봐요."

꽤 자주 듣는다. 왜 그렇게 열심히 사느냐고 묻는다면, 글쎄. 특별한 이유라기보다는 타고난 기질에 가깝다. 그리고 앞으로도 더 미루지 말아야겠다는 생각이 크다. 지난 초여름, 나와 동갑내기인 외사촌이 갑작스럽게 세상을 떠났다. 그 일을 겪고서야 실감했다. 이제는 언제든, 갑자기 사라져도 전혀 이상하지 않을 나이가 되었음을.

그래서 요즘 내가 붙잡고 있는 생각은 단순하다. 하고 싶은 것이 있다면 미루지 말고 당장 하자. 다만, 이렇게 애쓴다고 해서 결과가 반드시 따라오지는 않는다는 것도 안다. 야근을 하고, 주말을 내어주고, 성실하게 일하며 뚜렷한 결과를 만들어내더라도, 느닷없이 자리를 떠나야 할 수도 있다. 안타깝게도 불굴의 노력은, 언제나 내가 바라는 모양으로 완성되지는 않는다.

그렇다.

노력은
내가 바라는 도착지가 아니라
세상이 요구하는 방향으로 이어진다.
그리고 그 흐름을
억지로 거스르지 않을 때,
세상은 또 다른 국면으로
조용히 나를 데려다준다.

내가 원하는 끝이 나오면 좋은 일일 것이라는 착각, 원치 않는 결말이면 실패일 것이라는 오해. 그 생각에서 벗어나야 한다는 걸 요즘은 자주 되새긴다.

정성을 쏟고 살뜰히 가꾸되, 결말에는 매달리지 않는 태도. 그래서 최선을 다했음에도 성과가 기대에 못하더라도, 그렇게까지 가슴을 치며 속상해할 일은 아니다. 훌훌 털고 다음 단계로 나아가면 된다.

마침 이하영의 『인생의 연금술』에서 이 문장을 만났다.
"지옥 같은 현실은 없다. 지옥 같은 마음만 있을 뿐이다."

세상은 있는 그대로가 아니라, 각자의 시선과 해석이 더해진 모습으로 우리 앞에 놓인다. 그래서 결국 중요한 건 현실을 바꾸는 것보다 내 안을 바로 아는 일. 그것만으로도 삶은 훨씬 가벼워질 수 있다.

내가 이렇게 살아가는 이유는

그저

미루지 않으려는 마음 때문이다.

결과가 어떻든

오늘 할 수 있는 건 해내고

다음으로 나아가기 위해서.

그 정도면, 지금의 열심으로도 충분하다.

오늘의 문장

"노력은 내가 원하는 결과로 가지 않지만,

받아들이는 순간 삶은 다음 길을 내어준다."

이 문장을 오늘의 나에게 건네는 말로 바꾼다면

06

내 좌표를 알게 된
출근길

어느 채널에 출연해 일과 육아에 대해 토론자들과 이야기를 나눈 적이 있었다. 한참 시간이 흐른 뒤, 이 자리를 연결해 준 이에게 조심스레 말을 건넸다. 그들의 말이 지나치게 추상적이고 현실과는 다소 거리가 느껴졌다고. 내 결은 아니었다고.

제대로 된 조직 생활을 경험해보지 않은 사람들이 노동을 이야기하면서도 현장은 빠져 있고, 담론만 남아 있는 인상이었다. 노동의 '노'자도 모르면서 새벽 배송을 반대한다는 명분 아래 노동자의 건강권과 행복추구권을 너무 쉽게 호출하는 모습이랄까.

아이를 잘 키우고 싶다고 말하면서도 교육에 돈을 쓰는 이야기만 나오면 마치 속물의 증거라도 되는 것처럼 쉽게 이해하지 못하겠다는 태도를 보였다. 현실적인 선택 앞에서는 머뭇거리고, 이상적인 언어 뒤에 숨어 자기 결정을 유예하는 모습. 현실과 이상 사이에서 계속 맴돌 뿐, 어디에도 단단히 발을 딛지 못한 채.

나는 그 자리에서 주중엔 아이와 떨어져 일하고 주말에야 남편과 함께 돌보던 그 처절했던 시간을 담담히 이야기했다. 지금이야 육아휴직 제도를 비교적 자유롭게 사용할 수 있지만, 내 경우 출산휴가 3개월만 쓰고 곧장 사무실로 복귀했다. 그땐 정말 죽지 못해 살았다고 말할 수밖에 없었다.

친구들과의 관계는 자연스럽게 하나둘 멀어졌고, 한때 그렇게 가까웠던 사람들도 지금은 어디서 어떻게 지내는지조차 알지 못하게 되었다. 일을 놓치면 '경단녀'라는 낙인과 함께 당장 경제적인 불안도 컸다. 돌아보면 그 시절, 아이와의 기억은 손에 꼽을 만큼 남아 있다.

어느 기사에서 흥미로운 연구를 읽었다. 뉴욕대 경영학자 조슈아 루이스와 와튼 스쿨의 조지프 시몬스 교수가 발표한 내용이었다. 사람들은 목표 달성 가능성이 낮을 때보다, 이미 성공 확률이 꽤 높아졌을 때 오히려 더 강하게 몰입한다는 결과였다.

3%에서 15%로 올라가는 가능성에는 대부분 움직이지 않았지만, 60%에서 72%, 85%에서 97%로 높아지는 구간에서는 거의 모두가 기꺼이 추가 노력을 선택했다. 사람은 막연한 희망보다 '지금 네가 하는 이 한 걸음이 결과를 바꾸고 있다.'라는 신호를 받을 때 끝까지 간다는 뜻이었다.

그날 유튜브 스튜디오의 공기가 다시 떠올랐다. 그 자리에 부족했던 건 의지나 선의가 아니라 구체성이었다. 지금 어디쯤 와 있는지, 그래서 다음 한 걸음을 떼면 무엇이 달라지는지에 대한 설명.

일도, 삶도

결국 크게 다르지 않다.

거창한 담론보다

지금 내가 하고 있는 선택이

어디로 이어지고 있는지

차분히 바라볼 수 있을 때

비로소 버틸 힘이 생긴다.

그래서 나는 추상적인 언어보다는 내 삶의 좌표를 설명할 수 있는 말을 믿는다. 완벽하진 않아도, 지금 내가 어디쯤 와 있는지는 스스로에게 말할 수 있는 사람으로 살아가고 싶다.

그게 나 자신에게도, 내 아이에게도, 나와 같이 일하는 동료들에게도 가장 정직한 태도라고 믿는다.

오늘의 문장

"사람은 이상으로 버티지 않고,

자기가 어디쯤 와 있는지를 알 때 끝까지 간다."

이 문장을 나의 말투로 다시 써본다면

07

회사에서 말하지 않기로
결심한 이유

"부장님은 위를 향한 어필을 제대로 못하는 것 같아.

홍보업무를 했다는데, 정작 자기 머리는 스스로 깎지 못하는 사
람 같아."

그 말의 주인공은, 다름 아닌 나였다.

처음엔 부정하고 싶었다. 설명할 기회가 없었을 뿐이라고, 국면
이 정리되면 말하려 했을 뿐이라고. 하지만 가만히 돌아보니 그 말
이 전부 틀렸다고만 하기도 어려웠다. 정말 못했던 걸까. 아니면,
애초에 하지 않기로 선택했던 걸까.

누울 자리를 가늠한 끝에, 이미 판세를 읽었기에 다리를 뻗을지

말지를 정한 것은 아니었을까. 어쩌면 그것 역시 나 나름의 '판단'이
었을지도 모른다.

늘 그렇게 믿어왔다. 내가 하는 홍보의 성패는 말을 얼마나 잘하
느냐가 아니라, 흐름을 얼마나 정확히 읽어내느냐에 달려 있다고.
언제 말할 것인가, 어디까지 말할 것인가, 이 사안을 어떤 프레임
안에 둘 것인가. 그 경계를 가르는 일이 결국 핵심이라고.

상황은 늘 변한다. 그래서 너무 깊게, 오래, 멀리까지 앞서 계산
하지 않으려 했는지도 모르겠다. 성급한 일반화를 조심했고, 소수
의 목소리에 지레 위축되어 과하게 반응하고 싶지 않았다. 원칙과
기조만은 흔들리지 말아야 한다고, 그렇게 스스로를 다잡아왔다.

그리고 늘 한 가지를 전제로 두었다.

**상대는 내가 생각하는 것만큼
내가 다루는 대상에 큰 관심도 두지 않고,
그리 큰 의미도 부여하지 않는다는 사실.**

그래서 나는 말하지 않았을지도 모른다. 내세우지 못해서가 아니

라, 굳이 꺼내지 않기로 판단했기 때문에.

이제는 안다. 침묵도 하나의 메시지가 될 수 있지만, 설명하지 않은 결정은 결국 오해로 남는다는 것을. 여기서 더 이상 환경이나 조직을 탓할 수는 없다. 지금까지 내게 일어난 일은 모두 내가 끌어들인 것이고, 내가 고수해온 원칙과 태도의 결과다. 그리고 그것은 다른 누구도 아닌, 내 책임이다.

대부분의 사람은 자신의 현재가 그동안 붙들어온 생각과 선택에서 비롯되었다는 사실을 쉽게 받아들이지 못한다. 대신 남을 탓하거나, 운명을 원망한다. 하지만 분명한 건 하나다. 지금의 나를 만든 기준은, 결국 내가 세운 것이다.

PR을 업으로 삼아왔던 사람으로서, 정작 나 자신에 대해서는 상황을 끝까지 정의해내지 못했을지도 모른다. 어쩌면 나는 내 머리를 깎지 못한 게 아니라, 그 책임까지 포함해 스스로를 설명할 준비가 이제야 비로소 끝난 것일지도 모른다.

오늘의 문장

"침묵은 이미 끝난

상황 판단의 결과일지도 모른다."

이 문장을 읽고 떠오른 나의 말

08

조직에 기대지 않는 법

어떻게 하면 직장 생활을 오래 할 수 있느냐는 질문을 받으면 나는 늘 이렇게 말한다.

"기대를 마세요."

아예 없애라는 말은 너무 매몰차니, 조금 순화해서 말하면 이렇다. **"기대를 줄이세요."**

내가 이만큼 애썼는데 왜 나를 알아보지 않는가. 내가 이렇게까지 했는데 왜 아무도 다가오지 않는가. 돌아보면 우리는 해준 만큼 돌려받을 거라는 기대와 계산속에서 스스로 상처를 키운다. 그래서 서운해지고, 괘씸해지고, 속에서 감정이 끓어오른다.

내가 직장에서 기대를 거의 내려놓게 된 건 지금으로부터 10년도 더 된 일이다. 당시 회사에서 꽤 영향력이 있던 한 임원이 하루아침에 감사에 걸려 회사를 떠나게 됐다. 사실 나는 그 덕분에 여러 쟁쟁한 경쟁자들을 제치고 제때 승진할 수 있었다. 그 고마움 때문에 그가 가장 어려울 시기에 윗선에 탄원서를 쓰고, 그의 입장을 정리하는 글도 여러 번 다듬어줬던 기억이 있다.

하지만 그의 위세에 기대어 안락한 자리를 누리던 이들은 그가 난처해지자 놀라울 만큼 빠르게 등을 돌렸다. 마치 모두가 짠 덫에 한 마리만 걸려든 것처럼. 그는 순식간에 몰린 처지가 되었다. 그때 나는 사람들의 민낯을 아주 또렷하게 보았다. 지금도 우리는 안부를 묻고, 내가 책을 내면 읽어보라는 말을 건넨다. 하지만 그를 떠받들던 사람들 가운데 지금까지 연락을 이어가는 이는 거의 없는 걸로 알고 있다.

그 일을 겪고서야 알게 됐다. 관계란 끝까지 붙잡는 것도, 완전히 끊어내는 것도 아니라는 걸. 어쩌면 사람 사이는 늘 불가근불가원에 가까운 상태인지도 모른다. 기대하지 않되, 버리지도 않는 것. 그 정도의 거리가 사람 사이를 가장 오래 남겨둔다.

최효주의 『그래도 사는 동안 덜 괴롭고 싶다면』에서 이런 문장이
나온다.

"기대는 나쁜 게 아니다.
기대에 부응하고 싶어지는 마음도 좋은 마음이다.
다만 문제가 되는 건
현실에서 이룰 수 없는 기대다."

나이가 들수록 나 자신에게도, 타인에게도 기대가 옅어진다. 저
자는 말한다. 기대치를 낮추는 게 아니라 애초에 실현 불가능한 기
대를 버리라고. 곱씹어보니 참 현실적인 말이다. 이룰 수 없는 기대
를 품고 있다가 나중에 그걸 낮춘다는 건 처음부터 큰 의미가 없다.

그럭저럭 사회생활을 해내고 싶다면,
너무 많은 기대를 걸지 말 것.
특히 조직과 권력, 그리고 분위기에
마음의 안전을 맡기지 말 것.

기대는 줄일수록 관계는 덜 흔들리고, 나는 조금 덜 괴로워진다.
그게 내가 지금까지 배운 가장 실용적인 생존법이다.

오늘의 문장

"기대를 줄이면,

관계가 덜 흔들리고 마음이 오래 간다."

이 문장을 오늘의 나에게 건네는 말로 바꾼다면

가만히 사람을 살리는 힘

합류했던 어느 조직의 일을 찬찬히 들여다보니, 솔직히 말해 엉망에 가까웠다. 업을 제대로 아는 사람은 거의 없었고, 선임 한 명이 모든 일을 끌어안은 채 깊이 파묻혀 있었다. 그래서 더는 지켜보고만 있을 수 없었다. 누가 시키지 않아도 자연스럽게 팔을 걷어붙였다. 일의 흐름을 따라가다 보니 정리해야 할 지점들이 선명하게 보였기 때문이다. 전표 처리 같은, 내 영역과 무관해 보이는 업무까지도 함께했다.

그 과정에서 이런 말도 들었다.

"너무 잘해주지 마요. 버릇 들어요. 어차피 나갈 사람은 나가게 돼요."

어떤 이는 내가 직급과 상관없이 일의 빈틈을 메우는 모습을 두고, 동료들의 환심을 사려는 것 아니냐며 색안경을 끼고 바라보기도 했다. 하지만 나는 알고 있었다. 그건 잘 보이고 싶은 마음도, 평가를 의식한 행동도 아니었다. 그저 일이 멈추지 않게 하기 위해 지금 내가 할 수 있는 몫을 했을 뿐이었다.

배려를 오해하는 시선은 늘 존재한다. 그러나 그 계산까지 하고 일을 하며 사람을 대하고 싶지는 않았다. 내가 선택한 방식에 대해서만 책임지면 된다고 생각했다.

시사평론가 고 유창선은 『삶은 사랑이며 싸움이다』에서 지능이 높은 사람의 태도를 이렇게 말한다. 타인의 감정을 존중하고, 상대를 무안하게 만들지 않는 방식으로 틀릴 기회를 주며, 말보다 경청을 선택한다고. 다정함은 감정의 낭비가 아니라 관계를 지속 가능하게 만드는 기술에 가깝다고.

그래서 나는 이 태도를 오해받는 일에 굳이 해명하지 않는다. 의도를 증명하느라 스스로를 닳게 만들고 싶지 않기 때문이다. 다정함은 설득의 언어라기보다 삶을 대하는 선택에 가깝다. 그게 감당 가능한 몫인지, 그 관계가 견딜 만한 거리인지는 결국 시간이 알아서 가려낸다.

일을 하다 보면 무례가 효율로 포장되는 순간도 많고, 냉정함이 능력처럼 칭송받는 장면도 숱하게 마주한다. 그럼에도 나는 여전히 믿고 싶다. 다정함은 결국 일을 오래 하게 만드는 힘이자, 사람을 망가지지 않도록 붙들어주는 마지막 안전장치라는 것을.

미셸 푸코가 말한 '자기 배려' 역시 단순히 나만 잘 지키라는 뜻이 아니었다. 끊임없이 자신을 점검하고 단련함으로써 어떤 태도로 세상과 관계 맺을 것인가를 스스로 선택하는 일에 가까웠다. 그 과정을 거친 사람만이 타인 앞에서도 무너지지 않는 윤리적 주체가 될 수 있다고 그는 말했다.

그렇게 본다면 내가 택한 다정함 역시 감정에 휩쓸린 친절이 아니라, 나를 소모시키지 않기 위한 하나의 기준이자 훈련이다. 타인을 배려하는 태도는 결국 내가 어떤 사람이 되기로 했는지에 대한 조용한 선언이니까.

그래서 나는 오늘도
다정함을 조금 더 지능적으로 쓰는 연습을 한다.

그것이 내가 일하며 끝까지 놓치지 않으려는,

가장 사적인 윤리이자 원칙이다.

오늘의 문장

"다정함은 일을 오래 하게 만드는

가장 조용한 힘이다."

이 문장을 나의 말투로 다시 써본다면

"다정함은 일을 오래 하게 만드는

70%의 힘으로
오래 일하는 법

퇴사가 갑작스럽게 결정된 뒤, 남아 있던 연차를 모두 소모해야 했다. 타의 반, 자의 반으로 길어진 휴식이었다. 그 시간 동안 나는 난생처음 추나 치료를 받았다. 어깨는 늘 뻐근했고, 귀 뒤쪽으로는 열감이 맺혀 있었고, 두통도 심했다. 의사 선생님은 내내 같은 말을 했다. "환자분, 힘 좀 빼세요."

그 말을 듣는 순간 이런 생각이 스쳤다. 아, 내가 그동안 너무 힘을 주고 살았구나. 나는 분명 뺀다고 뺐는데, 몸은 전혀 그렇지 않았다. 긴장은 습관처럼 남아 있었고, 나는 늘 경직된 상태로 버티고 있었다.

그제야 알았다. '힘을 빼라.'는 말은 대충 하라는 뜻이 아니라는 걸. 불필요한 긴장과 과한 부담을 덜어내고, 정말 필요한 곳에만 에너지를 쓰라는 원칙에 가까웠다. 그래야 효율도 남고, 성과도 오래 간다.

그때 오래전부터 좋아하던 가수 윤종신의 인터뷰가 떠올랐다. "목숨 걸지 마라. 그리고 너무 최선 다하지 마라. 70~80%만 해라. 다음 것을 할 여력은 남겨놔야 한다."

맞다. 힘을 덜어내는 건 포기가 아니라, 에너지를 재배치하는 일이다. 불필요한 곳에서 쏟았던 힘을 거두어, 지금의 나에게 정말 필요한 곳에 쓰는 것.

생각해보라. 자동차 앞바퀴가 모래밭에 빠졌을 때, 아무리 액셀을 밟아도 바퀴는 앞으로 나아가기보다 헛돌기만 한다. 그럴 때 필요한 건 더 센 추진이 아니라, 오히려 바람을 살짝 빼는 일이다.

삶도 비슷하다. 앞으로 나아가지 못할수록 우리는 더 버티려 한다. 하지만 그럴수록 더 깊이 빠질 때가 있다. 그때 필요한 건 속도가 아니라, 잠시 숨을 고르는 시간, 그리고 힘을 빼는 용기다.

1990년, 어느 밴드의 객원가수로 데뷔해 지금껏 600곡이 넘는 노래를 발표해온 그의 '꾸준함'은 어쩌면 오래도록 여유를 남기며 살아온 결과가 아니었을까. 매번 전력을 다하지 않았기에, 다음 곡을 쓸 힘을 남겨둘 수 있었던 건 아닐까.

세상에 전부를 걸 일은 없다.

무엇보다 내가 먼저다.

지금 하는 일이 나 자신보다 중요하다는 말은

어딘가 이상하다.

뭣이 그리 중한디.

그러고 보면 이 휴식은 쉼이 아니라 점검에 가까웠다. 내가 어디에 힘을 쓰고 있었는지, 무엇을 과하게 붙들고 있었는지를 차분히 돌아보게 한 시간. 덕분에 치료는 몸에, 뜻밖의 깨달음은 내면에, 퇴사는 삶에 잘 스며들었다.

오늘의 문장

"몸이 먼저 알려주고,

삶은 그제야 따라 이해했다."

이 문장을 읽고 떠오른 나의 말

2장

물러서며

지킨 것들

이 장은
앞으로 나아가지 못했던 날들에 관한 기록입니다.

한발 물러섰고,
잠시 멈췄고,
때로는 내려놓았습니다.

하지만 그 선택들은
패배가 아니라 보존이었습니다.

나를 소모하지 않기 위해,
끝내 나를 잃지 않기 위해
조용히 방향을 바꾼 순간들이었습니다.

이 장의 문장들은
세게 밀어붙이지 않아도
지켜낼 수 있었던 것들,
움직이지 않음으로써
오히려 살아남았던 감각을 불러냅니다.

당신이 내려놓지 않았던 마음을
여기에 함께 적어보세요.

나를 위한 여백

이 장을 읽기 전,
잠시 걸음을 멈추고 지금의 나를 바라봅니다.
지나온 시간 위에 서 있는
오늘의 마음을 먼저 써 내려가 보세요.

· 최근 물러서기로 선택한 순간은 언제였나요?

· 그 선택은 무엇을 지키기 위한 것이었나요?

· 끝까지 놓지 않기로 마음먹은 것은 무엇인가요?

01

과심 대신 무심

과로사 직전, 유탄을 맞은 사람처럼 쓰러져 그로기 상태로 며칠을 버텼다. 천근만근 같은 몸을 억지로 일으켜 책이나 펼쳐볼까 싶어, 아무 생각 없이 미나미 지키사이의 『그럼에도 왜 사느냐 묻는다면』을 넘기다가 문득 멈춰 섰다.

'무심히 살라, 바로 이거구나.'

무심히 산다는 건 아무것도 하지 않는 게 아니라, 나를 증명하기 위해서가 아닌 '누군가를 위해 조용히 무언가를 하는 삶'이라는 말이었다.

나도 모르게 무릎을 쳤다. 아, 산다는 건 결국 이런 거구나. 그런데 곧 다른 질문이 따라왔다. 그런데 왜 하필 '나'여야 할까. 매일 야근하고, 주말에도 출근하고, 밤낮없이 일해서 보란 듯이 성과까지 만들었는데, 돌아온 건 별안간 나가달라는 통보였다. 그때의 허탈함은 아직도 몸 어딘가에 남아 있다. 내가 쏟아 부은 시간과 정성이 한순간에 무효가 되는 느낌, 그제야 알았다. 열심히 산다는 것과, 안전하게 살아남는다는 건 전혀 다른 문제라는 걸.

돌아보면 나는, 나를 위한 무심함 대신 너무 많은 '과심(過心)'을 쏟아왔던 것 같다. 조금 더 잘해보려고, 스스로를 더 인정받고 싶어서, 계속 앞으로 나를 밀어붙였다. 멈추는 법을 잠시 잊었고, 쉬는 것은 더더욱 알지 못했다. 그 문장을 읽고서야 비로소 깨닫게 되었다. 내가 얼마나 지쳐 있었는지, 얼마나 오래 무리해 버텨왔는지를.

이제는 조금 알 것 같다. 가치관에서 우러난 일이라면, 그것만으로도 충분하다는 것을. 설명하지 않아도, 증명하지 않아도, 때론 무심해도 괜찮다. 그 정도의 힘으로도 삶은 이어진다. 어쩌면 그 태도가, 지금의 나에게 가장 절실한 생존 방식인지도 모르겠다.

오늘의 문장

"무심함은 도망이 아니라,

나를 지키는 태도다."

이 문장을 읽고 떠오른 나의 말

겉모습보다
안쪽을 붙잡는 법

연말연시, 승진과 퇴직이 교차하는 이 시기가 되면 나는 떠올린다. 자존심 하나로 견뎌왔지만 결국 모든 걸 내려놓을 수밖에 없었던 어떤 이의 고백이다.

"내 가족을 지키고, 내 자리를 지키고, 내 자존심을 지켜왔다고 믿었는데……. 돌아보니 정작 본연의 '나'는 없더라. 허무하다."

회사에서 지금 뭐라도 된 듯 보여도, 오너가 아닌 이상 누구나 결국 회사를 떠난다. 그때가 몇 년 더 이르냐, 늦느냐는 그리 중하지 않다. 중요한 건 그 사실을 스스로 깨닫는 시점이다.

문득 내 시간도 겹쳐 떠올랐다. 삼성과 공직을 뒤로하고 스타트

업과 중견기업으로 오가던 시절, 직함도 명함도 사라졌다. 홍보든, 마케팅이든, 대관이든 필요한 일이라면 무엇이든 내가 직접 해야 했다. 말 그대로 '혼자 북 치고 장구 치던' 시간이었다. 나보다 한참 어린 이들에게 회사 소개 한 번만 부탁하며 문자를 보내고, 전화를 걸고, 메일을 썼다. 그야말로 애걸복걸에 가까운 순간들, 그때 이런 생각이 스쳤다.

'아, 이게 진짜 바닥이구나.'

그런데 시간이 지나 돌아보니 그 지점은 나를 무너뜨린 국면이 아니라 오히려 나를 바로 세운 계기였다. 그곳에서야 비로소 분명히 알게 되었기 때문이다. 알량한 자존심을 지키려다, 정작 더 중요한 자존감을 무너뜨려서는 안 된다는 걸.

자존심은 타인의 시선에 흔들리는 얇은 껍데기이고,
자존감은 누가 뭐라 해도 쉽게 무너지지 않는 자기 존재에 대한 신뢰라는 걸.

누군가는 말한다. 마지막 순간에는 머리를 비우고 내가 할 수 있는 걸 하라고. 남의 평가도, 체면도, 과거의 타이틀도 내려놓으라

   버티는 마음을 적어둡니다

고. 바닥까지 내려가 본 사람만이, 다시 힘 있게 휘두를 수 있다고.
우리가 끝까지 지켜야 할 것은 자존심이 아니라, 끝까지 '나'로 남아
있으려는 자존감이다.

그래서 나는 바란다.
설사 조롱받는 자리에 놓이더라도,
묵묵히 자기 일을 하는 사람들이
끝내 흔들리지 않기를.
빈정대는 쪽이야말로 진짜 하수라는 걸,
진짜 단단한 사람은
결국 자기 위치를 지킨다는 걸,
삶이 스스로 증명해주기를.

오늘의 문장

"자존심은 밖을 향하고,

자존감은 나를 향한다."

이 문장을 오늘의 나에게 건네는 말로 바꾼다면

실무 속에서 붙잡은 감각

"비즈니스 매너가 없는 것 같아요."

20년 넘게 직장 생활을 하면서 단 한 번도 들어본 적 없는 말을 들었다.

내 업무 일부를 이관하는 과정에서였다. 나보다 업계 경험이 많은 이가 그 일을 맡게 되었고, 나는 간단히 그를 소개하는 메일을 보낸 뒤 편하게 미팅을 잡으라고 역할을 넘겼다. 그는 혼자 미팅에 가는 게 더 편하다고 했고, 나는 그 말을 일종의 배려로 받아들였다. 하지만 상사는 내가 직접 미팅에 동행해 그를 소개하지 않았다는 이유로 그 말을 불쑥 꺼냈다.

그 순간, 어이가 없었다. 속으로 이런 말이 튀어 나왔지만 꾹 눌

렀다.

'나에게 그런 말 하는 당신은 도대체 뭐 되는데?'

사람은 누구나 자기 안에 마지막까지 내려놓고 싶지 않은 감정 한 조각을 품고 살아간다. 그런데 세상은 가끔, 그 마지막 조각마저 내려놓으라고 몰아붙인다. 우리는 매일 흔들리고, 매일 버틴다. 간신히 자기 자신을 지켜내며 살아가는데, 누군가의 가벼운 말 한마디가 그 작은 버팀목을 순식간에 무너뜨릴 때가 있다. 그래서 별것 아닌 말들이, 어느 순간 별것이 되어버린다. 사람이 사람에게 가할 수 있는 가장 쉬운 폭력은 대개 그런 언어 속에 숨어 있다.

그럼에도 불구하고
우리가 하루를 견디는 이유는
결국 내면에 세워둔 기준 때문이다.
완전히 무너지지 않게 붙잡아주는 힘,
내가 나를 지켜내는 내 안의 기둥.

이 사실을 우리는 잊지 말아야 한다. 나도, 이 글을 읽고 있는 누군가도 자존심이 아니라 자존감 하나로 오늘을 겨우 마무리한다는 걸. 누구에게 내세울 만한 것은 없어도 스스로를 잃지 않기 위해 끝

   버티는 마음을 적어둡니다

까지 쥐고 있는 그 안쪽의 힘이 우리를 내일로 조금 더 밀어 올린다.

어쩌면 우리가 끝까지 지켜야 할 것은 능력도, 성과도, 평판도 아니라 마음의 축일지 모른다. "나는 여전히 괜찮은 사람이다."라고 스스로에게 이렇게 말해줄 수 있는 힘. 실무 현장에서, 숫자와 일정, 그리고 판단 사이에서 계속 깎이고 닳아도 완전히 무너지지 않게 붙잡아주는 감각.

나는 오늘도 그것 하나를 품은 채, 다시 사무실 책상 앞에서 등을 곧게 편다. 그 한 줌의 중심이야말로, 내가 끝내 나로 남아 있다는 것을 증명해주는 유일한 흔적이기 때문이다.

오늘의 문장

"나는 나를 지켜내는 감각을

끝내 놓지 않기로 했다."

이 문장을 나의 말투로 다시 써본다면

일터,
선은 넘지 않기로 한 다짐

입사한 지 일곱 달 만에 나는 갑작스럽게 자리를 떠나게 되었다. 아직 업의 결을 온전히 익히기도 전에 관계가 정리되는 흐름은 솔직히 당황스러웠다. 한바탕 따지고, 모든 걸 뒤집어엎고 싶었던 순간도 분명 있었다. 거지같은 상황들을 하나하나 손수 정리하고 나니 이제야 숨을 고를 수 있게 되었는데, 감히 이런 식으로 뒤통수를 친다고? 그 분노는 한동안 목 안쪽에 걸린 가시처럼 남아 있었다.

하지만 그러지 않았다. 그렇게 끝내고 싶지는 않았기 때문이다. 남아 있을 동료들이 그 싸움의 잔해를 대신 감당하게 하고 싶지 않았다. 그리고 그 정도의 일에 내 소중한 에너지를 상처 쪽으로 흘려보내고 싶지도 않았다. 떠나는 방식만큼은 내가 정하고 싶었다. 끝까지, 나답게. 의연하게.

그러나 오래간만에 마음이 맞는 동료들을 만났던 터라 미련이 남는 것 또한 사실이었다.

그때 한 후배가 담담히 말했다.

"선배님한테 아직 배울 게 더 있었는데, 그게 제일 아쉬워요."

MBTI(성격유형지표)가 ENTJ라서 그런가. 나와 비슷한 결의 말이었다. 감정이 없는 게 아니라, 쉽게 꺼내지 않는 쪽. 그래서 더 덤덤해 보이고, 오히려 진심이 오래 남는. 그래서 마지막 인사를 크게 남기지 않았다. 이곳저곳 돌며 작별을 고하지도 않았다. 몇 사람과 가볍게 악수만 했고, 그대로 발걸음을 옮겼다.

고맙게도 내가 떠나는 걸 아쉬워하던 동료들 가운데 눈물을 보인 이들도 있었다. 순간 마음이 뭉클했지만, 그럼에도 나는 담백하게 떠나는 사람으로 남고 싶었다. 누군가에게 자기 모습을 비춰보게 만드는 그런 뒷모습으로.

'어떤 어른이 되어야 하느냐?'는 질문 앞에서 문득 고 홍세화 선생을 떠올렸다. 그가 마지막으로 남긴 말은 스스로를 낮추는 태도, 그리고 자기 한계를 아는 마음이었다. 부끄럽게도 나는 아직 거기까지는 잘 모르겠다.

다만 한 가지는 분명하다.

남에게 상처를 주며 버티는 사람,
자기 성찰 없이
세상을 향해 뻔뻔해지는 존재로는
살지 않겠다는 다짐.

어쩌면 '괜찮은 사람'이 되겠다는 조용한 결심일지도 모른다. 누군가를 다치게 하지 않게 애쓰는 태도, 적어도 스스로를 속이지 않으려는 자세, 선을 넘지 않으려는 노력.

그 한 가지 원칙으로 여기까지 왔다. 그 정도면 지금의 나로서는 조금은 제대로 살아가고 있다고 말해도 충분하지 않을까.

오늘의 문장

"스스로의 한계를 알고 기꺼이 받아들이는 것,

그것이 내가 닿을 수 있는 시작점이다."

이 문장을 읽고 떠오른 나의 말

05

타인보다
나를 들여다본 방향

한 치 앞을 못 보는 게 인생이라더니. 예전엔 그렇게 벗어나고 싶어 발버둥 쳤던 곳에 이제는 '작가'라는 이름으로 독자들을 만나러 돌아왔다. 그러면서도 아무렇지 않게 "제2의 고향"이라는 말을 꺼내는 내 모습을 본다.

참 묘하다. 그땐 살아남기 위해 떠났고, 지금은 살아온 시간을 들고 돌아왔다. 상황에 따라 의미를 바꾸고, 시간이 지나면 기억을 덮으며 스스로를 설득해 살아가는 존재. 그러니 맞다. 인간은 참 연약한 존재다.

그런 내가 토요일 오후 두 시, 우중충한 날씨마저 도와주지 날, 이름조차 낯설었을지 모를 나의 북토크에 와주신 분들께 이렇게 말했다.

"여러분은 이상하고도, 특별한 분들입니다."

그리고 조심스럽게 내 이야기를 꺼냈다. 생각이 많고, 늘 불안하고 초조한 내가 그럼에도 무너지지 않고 그럭저럭 나를 붙잡고 살아올 수 있었던 힘이 결국 글쓰기였다는 고백을.

지금 우리는
스스로의 감정 상태를
제대로 알고 있는지,
남을 보느라, 주변을 챙기느라
정작 자신을 들여다보는 일에는
소홀했던 건 아닌지
함께 돌아보자고 했다.
그게 결국
나를 가장 위하는 길이니까.

글을 써보고 싶은데 여전히 헤매고 있다는 독자의 말 앞에서는 조금 단호해졌다. 언제까지 상황이나 타인 탓을 할 건지. 실행을 가로막는 이유 대부분은 망설임이거나, 게으름이라고. 화와 분노가 많다면 그 감정이 어디서 비롯됐는지, 무엇에서 시작됐는지 한 번 쯤은 정직하게 들여다보자고 했다. **내가 나를 돌보지 않으면 도대 체 누가 나를 지켜주겠느냐고.**

자신도 숏폼을 좋아하지만 아이들은 그보다 더 빠르게 그 세계에 익숙해지는 모습을 보며 걱정된다는 부모들이 있었다. 그래서 자연 스럽게 내 아들 이야기를 꺼냈다. 부모가 스스로를 대하는 방식은 결국 아이에게 고스란히 전해진다고. 지금은 긴 글보다 영상에 더 익숙한 흐름이니 언젠가는 이 변화에 맞는 새로운 규칙과 틀이 생 기지 않겠느냐는 조심스러운 기대도 함께 전했다.

하지만 분명한 건 하나였다. 문해력과 독해력은 읽고 쓰지 않으 면 절대 만들어지지 않는다는 것. 적어도 글을 읽고 쓰는 일을 꾸준 히 하는 어른을 보며 자란 아이는 어느 정도 영향을 받지 않겠느냐 는 작은 희망.

읽고 쓰는 일은

한순간에 완성되지 않는다.

켜켜이 쌓여야 하고,

품이 들고, 시간이 걸린다.

그래서 정말로 하고 싶다면 거창한 계획부터 세우지 말고 오늘 당장 다섯 줄이라도 써보시라고 권했다. 루틴을 만드는 법, 글을 정리하고 요약하는 방법, 그리고 챗지피티(ChatGPT)에 대한 생각까지. 두 시간은 그렇게 빽빽하게 흘러갔다.

돌아오는 길, 10여 년을 보냈던 그 일터에 '직장인'이 아닌 '작가'로 다시 서서 작은 씨앗 하나쯤은 남기고 온 것 같아 묘하게 안도감이 들었다. 대단하지 않아도 좋다. 이렇게 다시 돌아와 말을 건넬 수 있다면.

오늘의 문장

"남을 보기 전에, 나를 먼저 살피는 게

가장 중요한 일이다."

이 문장을 오늘의 나에게 건네는 말로 바꾼다면

06

멈추지 않기 위해
분주한 날들

문제가 생길 때마다 본능처럼 몸을 숨기는 사람들이 있다. 대개는 덩치 크고 목소리 큰 사람 뒤로 물러선다. 평소엔 직급을 앞세워 존재감을 드러내던 이가, 정작 일이 터지면 가장 먼저 자취를 감춘다. 바스락거리는 기척조차 내지 않고, 마치 숨도 쉬지 않는 것처럼 쥐 죽은 듯 고요해진다.

이상하게도 그런 이들은 늘 위험이 닿지 않는 위치에만 서 있다. 맞을 일은 피해 가고, 책임은 흘려보내며, 마지막에는 결과만 평가한다. 그런데 나는 비교적 안정감을 중시하는 편이다. 그래서 오히려 더 분명해졌다. 단지 편안함을 바란다면, 회피로는 답이 없다는 것을.

문제는 미루는 만큼 자라고, 외면하는 만큼 무게를 더한다. 결국 가장 덜 흔들리는 선택은 피하지 않고 얼른 마주하고, 정면으로 처리하는 일이라는 걸 나는 뒤늦게 배웠다.

전영애의 『괴테 할머니의 인생 수업』에 따르면, 요한 볼프강 폰 괴테는 삶의 난관을 그렇게 대했다고 한다. 피하지 않았고, 그저 견디는 데서 멈추지도 않았으며, 언제나 맞섰다고.

인생의 난제에는 수학 문제처럼 딱 떨어지는 해답이 없다. 하지만 '무엇이 문제인가'를 정확히 아는 순간, 그것을 감당할 힘은 생긴다. 괴테는 매번 문제를 넘어설 때마다 조금씩 더 단단해졌다고 한다.

그렇다면 한 자리에 머무는 것이 안정일까. 아니다. 안주하는 순간 사람은 서서히 녹슬기 시작한다. 인간에게 진짜 중심은 멈춤이 아니라 움직임에 있다. 자신이 누구인지 알고, 자기다운 삶을 살아갈 때 비로소 흔들림이 줄어든다.

결국, 스스로를 알아가는 과정이 가장 단단한 기반이 된다. 나 역시 글을 쓰고 책을 읽으며 조금씩 나를 이해해가고 있다고 믿는다. 그럼에도 아직은 스스로에게 완전히 안심을 허락하기엔 이르다.

더불어 문제를 피해 안전해지는 대신, 서툴더라도 내 몫의 불안을 감당하는 쪽을 택한다. 완벽해지려는 집착보다, 도망치지 않으려는 태도로. 그게 지금의 나에게 가장 정직한 균형이기 때문이다.

오늘의 문장

"진짜 안정은 안주가 아니라

움직임이다."

이 문장을 나의 말투로 다시 써본다면

07

닳아빠지지 않기 위해
혼자가 되는 법

스레드(Threads)를 보다 보면 직장 이야기가 끝없이 쏟아진다. 직장 내 괴롭힘, 희망퇴직이나 권고사직, 무능력한 윗사람, 말을 듣지 않는 후배까지. 결국 사회생활에서 가장 고단한 건 사람이다. 그래서인지 가능한 한 빨리 이 판을 벗어나고 싶다는 이른 '파이어족'의 꿈도 점점 흔해진다.

나는 인상이 강한 편이라 처음부터 "세 보인다.", "쉽지 않아 보인다."라는 말을 자주 들었다. 예전에는 그런 오해를 풀어보겠다고 일일이 따져 묻고, 해명하려 애썼다. 하지만 지금은 그것이 헛소문이든, 무엇이든 크게 개의치 않는다.

한 번은 내 추진력과 주인의식이 누군가에게는 영역을 침범하는 태도로 보였는지, 그가 뒤에서 흘린 험담이 동료들 사이에 퍼진 적이 있다. 그런데 이상하게도 그때는 크게 상처받지 않았다. 그저 그러려니 했다. 그의 입장에선 그렇게 느낄 수도 있겠다고 담담히 받아들일 수 있었다.

그때 떠오른 문장이 있다. 발타자르 그라시안은 이렇게 말했다.

"당신에 대한 헛소문을 잠재우는 가장 효과적인 방법은 그것에 대해 못 들은 척하는 것이다. 맞서 싸우고 반론을 제기할수록 사람들은 오히려 당신을 믿지 않고, 당신을 비방한 상대는 교묘한 만족감을 느낄 것이다."

맞다. 대부분의 말은 그 사람의 성정에서 나온다. 불안, 열등감, 흔들리는 자존에서 비롯된 파문일 뿐이다. 그 사실을 아는 것만으로도 내면은 한결 가벼워진다.

문득 오래전, 한 조직 내에서 따돌림의 한가운데에 서 있던 기억이 떠오른다. 그 시절의 나는 아직 초연해질 수 없었다. 울지도 못한 채, 뾰족해진 연필심으로 책상을 쾅쾅 두드리며 속에서 끓어오르는 분노를 혼자 삼켰다. 말 대신 남은 건 소리였고, 위로 대신 남은 건 그날의 정적이었다.

하지만 지금은 다르다. 홀로 견디며 곱씹는 시간은 오히려 나를 단단하게 하는 고요에 가깝다. 이런 걸 조금만 더 일찍 알았더라면 쓸데없는 감정 소모를 덜 하지 않았을까 싶다가도, 그 아쉬움마저 이제는 고이 남겨둔다. 그 서투름까지 품고서 지금의 내가 되었으니까.

그래서 이제는
사람을 설득하는 데
에너지를 쓰지 않는다.
나를 오해하는 이를
굳이 이해시키려 애쓰지도 않는다.
그건 관계의 성실함이 아니라
감정의 과잉이라는 걸
뒤늦게 배웠기 때문이다.

대신 내가 통제할 수 있는 것에만 집중한다. 내 일, 내 태도, 내가 어떤 사람으로 하루를 마무리하는지. 그 정도면 사회생활에 닳아 없어지지 않고 충분히 살아갈 수 있다. 어쩌면 이제야 어른이 되어 간다는, 아주 조용한 신호인지도 모르겠다.

사람의 악의는 내가 앉을 자리에 골탕 먹이려 숨겨둔 압정처럼 나타난다. 눈에 띄지 않게, 그러나 정확히 아프게. 그래서 나는 이제 안다. 상처를 주는 일은 대개 거창하지 않다는 것을. 작은 가시 하나로도 충분하다는 것을.

그리고 그 압정을 발견했을 때 나는 더 이상 소리 내어 항의하지 않는다. 그대로 일어나 자리를 옮기거나, 혹은 그 가시를 치워버린다. 나를 아프게 하려고 놓인 것 앞에서, 굳이 오래 인내하며 앉아 있을 필요가 없다는 사실을 이제는 배웠으니까.

오늘의 문장

"설득하는 대신,

통제할 수 있는 것에만 집중하기로 했다."

이 문장을 읽고 떠오른 나의 말

08

조직을 떠난 뒤
남은 이름

    영원한 건 없다. 사람도, 관계도, 지금의 자리도 그렇다. 몰락한 전직 대통령과 수십 년을 함께했다는 그의 측근들이 끝내 등을 돌린 장면을 보며, 나는 다시 한 번 깨닫는다. 시간이 관계를 보증해 주지는 않는다는 사실을. 오래 곁에 있었다고 해서, 그 사이가 끝까지 같은 방향을 바라보게 되리라는 약속은 어디에도 없다.

    지금 부하직원이라 불리는 이들도, 영원히 팀원으로 남는 것은 아니다. 언젠가는 은인으로 다시 만날 수도 원수로 마주할 수도 있다. 그럼에도 상하관계가 분명한 조직 안에서는 여전히 이런 말이 쉽게 오간다.

    "까라면 까야지, 웬 말이 많아."

나 역시 얼마 전까지 그 말을 들어왔다. 사람을 다루는 감각이 리더의 가장 중요한 자질이라는 데 많은 이들이 고개를 끄덕인다. 하지만 정작 상당수는 '위쪽'의 시선에만 몰두한 채, 바로 곁에 있는 동료를 놓친다. 그러나 회사를 떠난 뒤에도 인연은 남는다. 그리고 그 관계는 언젠가, 전혀 다른 얼굴로 다시 나타난다. 그때 우리는 더 이상 직급으로 불리지 않는다. 그저, 한때 함께 일했던 사람으로 다시 마주할 뿐이다.

조직에서 오래 남는 것은 직위가 아니라 태도다.

겉으로 보이는 인맥이나 윗선과의 연결에만 공을 들이다 보면, 가장 가까이에서 함께 일하던 이들과의 신뢰는 생각보다 빠르게 마모된다. 한 곳에서 오래 몸담다 갑작스레 명예퇴직을 하게 된 누군가의 이야기다. 그는 자신보다 먼저 회사를 떠난 동료가 다른 기업의 고위직으로 옮겼다는 소식에 적잖이 충격을 받았다. 더 뼈아팠던 건, 그를 추천한 이가 과거 함께 일했던 낮은 직급의 협력사 직원이었다는 사실이었다.

**시간이 지나 남는 것은
사람으로서 건넨 관심과 존중이다.**

영원한 건 없다.

지금의 호칭도,

지금의 직함도,

지금의 인연도.

그래서 더 신중해야 한다. 지금 함께 일하는 이를 어떤 태도로 대하고 있는지. 오늘의 부하가 내일의 상사가 될 수도 있고, 오늘의 동료가 언젠가 새로운 문을 열어줄 수도 있다는 사실을 잊지 않는 것. 그것이 조직 안에서 오래 버티는 방법이자, 마지막까지 사람으로 남는 방식이다.

오늘의 문장

"권력은 바뀌고, 평판은 남는다."

이 문장을 오늘의 나에게 건네는 말로 바꾼다면

"권력은 바뀌고, 평판은 남는다."

09

머무르면 굳어버린다는 걸
회사에서 배웠다

"언니는 참 희한하게 한결같아. 원래 잘할 수 있는 일보다, 안 해본 일을 두고 '이만큼 해낼 수 있다.'는 걸 스스로 증명하는 쪽을 더 즐기는 거 같아."

이직할 회사를 두고 지인에게 의견을 구했을 때 돌아온 말이다. 웃음이 났고, 동시에 꽤 정확하다는 생각이 들었다. 나는 늘 이미 익숙한 위치보다는 아직 서보지 않은 방향으로 몸을 기울어 왔다. 능숙한 일을 반복하며 얻는 편안함보다, 낯선 영역에서 나를 다시 시험해보는 순간에 더 마음을 움직였다.

돌이켜보면, 나는 매번 선택의 기로에 설 때마다 비슷한 질문을 스스로에게 던져왔다.

이건 정말 '해야 하는 일'인가,

내가 진심으로 '하고 싶은 일'인가,

아니면 지금의 내가 '해낼 수 있는 일'인가.

그중에서도 결국 나를 움직여온 건, '지금의 나로도 감당할 수 있는가?'라는 물음이었다. 욕망이나 의무보다, 현재의 내가 딛고 설 수 있는 지점인지 먼저 가늠하는 것. 무모한 도약이 아니라, 한 걸음 앞의 가능성을 택하는 방식이었다.

그래서 나는 늘, 조금은 불안한 길을 골라왔는지도 모른다. 잘 아는 길보다, 아직 모르는 길을. 그 축적이 결국 지금의 나를 만들었다는 사실을, 이제는 조금 담담하게 받아들일 수 있다.

결국 '잘된다는 것'은 어느 날 갑자기 도착하는 결과가 아니다. 바라는 방향을 향해 하루하루 조금씩 가까워지는 상태에 가깝다. 그러려면 출발점은 분명해야 한다. 지금의 내가 감당할 수 있는 범위 안에 있어야 한다는 것.

하고 싶은 일은 욕망에 가깝고, 해야 하는 일은 책임에 가깝다. 하지만 둘 다 지금의 내가 떠안을 수 없는 무게라면, 누구나 그 앞에서 멈칫하게 된다. 망설이다가 미루고, 결국 제자리로 돌아온다.

돌아보면, 나는 하고 싶었지만 감당하지 못했던 갈림길 앞에서 오래 흔들렸다. 반드시 해야 할 상황이 아니었음에도 더 자주 멈춰 섰다. 그 이후로 이 세 가지 질문은 내 판단을 정돈해주는 나침반이 되었다. 특히 '할 수 있는 일'을 가장 신뢰하게 되었고, 그 기준을 통해 스스로를 조금 더 또렷하게 이해하게 되었다.

우리는 여전히 타인에게서 배우고, 그 경험을 자신의 것으로 남겨가야 한다. 다만 그 출처가 반드시 윗사람일 필요는 없다. 후배와의 관계 역시 새롭게 정의되어야 한다. 가르치기보다, 그들로부터 배우려는 자세도 지금은 더 중요해졌다. 그들이 세상을 어떻게 바라보고, 무엇에 마음을 두고 있는지 의식적으로 귀 기울이는 일.

지켜야 할 원칙은 단순하다.
조언보다 질문으로,
그들의 세계에 한 발 더 가까이 다가가는 것.

그리고 하나 더.
'더 잘할 수 있는 무언가'를 의식적으로 만들어가는 일.

그건 기술이 아니라 사고의 힘이다.

오래 쌓인 시간 속에서 길어 올린 사유의 밀도다.

이제야 알 것도 같다. "우리 때는 안 그랬다."라는 말이 왜 이렇게도 공허하게 들리는지. 그 말은 경험의 공유라기보단 어쩌면 생각을 멈췄다는 신호일지도 모른다.

결국 헤아림의 기준은 단순해진다. 지금의 내가 할 수 있는 일인가. 그 한 걸음을 통해 내가 가고 싶은 방향에 조금이라도 가까워질 수 있는가. 잘된다는 것은 높이 도약하는 일이 아니다. 오늘의 내가 지탱할 수 있는 한 걸음을 묵묵히 이어가는 상태다. 이 문장을 오래 마음에 품어두고 싶다.

오늘의 문장

"경험은 자산이 될 수 있지만,

사고는 멈추면 곧바로 낡아진다."

이 문장을 나의 말투로 다시 써본다면

10

여물기 전에
고개를 들었던 순간

스타트업에 있는 어느 지인의 이야기다. 대표가 나보다 한참 어리다. 과감하게 창업에 나섰고, 그 과정에서 눈에 띄는 성과를 거뒀다. 같은 직장인으로서 그를 존경하지 않을 수 없다. 대단히 이례적인 성공이기 때문이다.

그런데 가끔은 조금 아찔해진다. 소년등과(少年登科)를 떠올리게 하는 순간이 스칠 때가 있어서다. 말투나 태도 사이에서, 자신이 선택받은 존재라는 선민의식이 은근히 비쳐질 때가 있고, 선을 넘는 장면도 있다. 그럴 때마다 마음이 복잡해진다. 존경과 불편함이 서로를 밀어내지 못한 채, 한곳에 겹쳐 남는다.

소년등과는 예로부터 중년의 상처, 노년의 빈곤과 함께 인생의

3대 불행으로 꼽혀 왔다. 너무 이르게 높은 자리에 오르면, 그 이후의 여정이 오히려 순탄치 않다는 뜻이다. 안하무인이 되기 쉽고, 자기 생각이 세상에서 가장 옳다는 착각에 빠지기 쉽기 때문이다.

물론, 이른 성취 자체가 문제는 아니다. 개인의 출중한 재능과 부단한 노력이 만든 결과다. 다만 또래보다 과분한 대접을 받으며 스스로를 낮추는 감각을 잃는 순간, 그 빛은 다른 결을 띠기 시작한다.

골프와 정치는
고개를 드는 순간 망한다고 한다.
사람도 다르지 않다.
일찍 결실을 거둔 이일수록
더 천천히, 더 낮게 고개를 숙일 수 있다면
그 성과는 오히려 오래갈 것이다.
문제는 이루어냈다는 일이 아니라
그 이후를 다루는 자세다.

그러다 문득 우석훈의 『매운 인생 달달하게 달달하게』 속 문장이 떠올랐다.
"자신에게 일생의 과업이 없다는 것을 쉰에 아는 것이 예순에 아는 것보다는 낫다.”

맞는 말이다. 지금이 오십이라면 아직 십 년은 남아 있다. 소명이라는 이름의 목표가 없어도, 평생 붙들 사명이 정해지지 않아도 삶은 충분히 흥미롭고 의미가 있을 수 있다. 어쩌면 불행은 너무 늦게 깨닫는 데 있는 게 아니라, 이미 다 안다고 믿는 데서 시작되는지도 모른다. 일생의 과업을 찾지 못해 불안해하는 것보다, 이미 찾았다고 단정하며 다른 가능성을 스스로 닫아버리는 쪽이 더 위험하다.

부단히 애써왔음에도 아직 고지에 오르지 못했다고 스스로를 탓하던 나는, 이제 일찍 오른 위치를 부러워하기보다 늦게라도 방향을 바꿀 수 있다는 가능성에 조금은 안도한다. 무언가가 아직 남아 있다는, 삶이 하나의 형태로 굳어지지 않았다는 것. 그 자체가 나에게는 하나의 여지처럼 느껴진다.

아마도 성숙이란
높은 곳에 오래 머무는 능력이 아니라
언제든 고개를 숙일 수 있는 감각인 것이다.
그리고 인생에서 오래 이어가는 일이라는 것은
끝내 하나로 수렴되지 않아도
괜찮은 것인지도 모른다.

오늘의 문장

"아직 정해지지 않았다는 건,

지금도 열려 있다는 뜻이다."

이 문장을 읽고 떠오른 나의 말

3장

말하지 않은 마음의 기록

이 장은
입 밖으로 나오지 못한 말들,
그 대신 태도와 침묵으로 남았던 마음을 다룹니다.

우리는 늘 설명하려 애쓰지만,
정작 중요한 것들은
말보다 먼저 몸과 표정,
거리와 기다림으로 전해지곤 합니다.

이 장의 문장들은
건네지 못한 말,
지나서야 알게 된 의미,
다시 배우기로 마음먹었던 순간을 불러옵니다.

당신이 삼켜두었던 문장들을
여기에 천천히 풀어놓아 보세요.

나를 위한 여백

페이지를 넘기기 전에,
잠깐 숨을 고르고 지금의 나를 살펴봅니다.
견뎌온 날들 끝에 서 있는
오늘의 마음을 먼저 적어봅니다.

• 끝내 말하지 못했던 건 무엇이었나요?

• 그 대신, 나는 어떤 태도로 전하고 있었나요?

• 지나고 나서야 의미가 된 장면이 있나요?

기다림이 곧 실무였다

경상도 남쪽 도시의 작은 도서관 한 켠에서 북토크를 열었다. 라면 냄새가 은근히 퍼진 공간에 책 이야기와 사람들의 온기가 함께 머물렀다. 그날 우리는, 자기 마음은 들여다보지 않은 채 타인을 먼저 재단하다가 얼마나 자주 상처받게 되는지에 대해 이야기를 나눴다. 결국 대화는 자연스럽게 한 지점으로 모였다. 중요한 건 누군가가 아니라, 스스로를 단련하고 천천히 나아가는 일이라는 데로.

한 분이 조심스럽게 이렇게 말씀하셨다.
"솔직하게 다 얘기하면, 저랑 같이 일하고 싶은 마음이 아예 없어질 겁니다."
관리자로서의 고충이었다.

그분께 이렇게 전했다. 내 보폭이 아니라, 상대의 속도에 맞춰 조금 더 긴 호흡으로 가보라고. 전부를 한 번에 꺼내기보다, 필요한 만큼만 먼저 건네고 상대가 따라오면 그때 나머지를 풀어도 늦지 않다고.

그렇다.
소통은 내 방식을 밀어붙이는 일이 아니라
상대의 눈높이에 시선을 맞추는 과정이다.
상황과 이해의 깊이에 따라
조율하며 기다리는 것,
그것이 진짜 대화다.

그리고 이 일은 단번에 익숙해지지 않는다.
반복해서 연습해야만 조금씩 몸에 스며든다.

최근 임원이나 관리자가 되기보다는 실무형 리더로 남고 싶어 하는 이들이 많다. 그만큼 '관리'라는 역할이 버겁기 때문이다. 업무는 결국 사람이 해내는 일이고, 함께하는 과정에는 늘 감정과 관계의 무게가 따른다. 사실, 나 역시 그렇다. 나는 현장에서 부딪히는 쪽에 더 끌리는 사람이지, 앞에 서서 이끄는 위치를 우선으로 두는 성

향은 아니다. 그렇다고 책임을 피하려는 것도, 야망이 없는 것도 아
니다.

솔직히 말하면, 타인을 이끄는 일은 나에게도 쉽지 않다. 기류를
읽고, 속도를 맞추며, 말하지 않은 감정을 헤아리는 건 어떤 업무보
다 더 많은 에너지를 요구한다.

그래서 안다.
관리자가 되기를 망설이는 감정이
결코 나약함에서 비롯된 게 아니라는 것을.
그건 오히려,
다른 이를 함부로 대하고 싶지 않다는
하나의 진심일지도 모른다.

이건 직장 안에서만 국한된 이야기가 아니다. 가족을 대할 때도,
주변 관계에서도 마찬가지다. 그래서 때로는 타인에 대해 '단념'이
나 '수용'이라는 감정의 매듭이 필요해진다.

자신의 기대를 쉽게 내려놓지 못하는 분, 과거의 상처 때문에 좋
은 사람을 만나고 싶으면서도 망설이는 분께는 이렇게 말씀드렸다.

그 또한 각자의 몫이니, 기분 좋고 유쾌하게 조금씩 풀어가 보라고.

20대분들도 함께해 주서서 고마웠다. 그들을 보며, 내가 책을 통해 비로소 내면을 들여다보기 시작한 시점이 그들보다 훨씬 늦었다는 걸 새삼 느꼈다. 그 나이부터 스스로를 돌아보기 시작했더라면, 지금의 나는 조금 달라져 있었을까. 잠시 그런 생각이 머물다 지나갔다.

우린 모두 마음속에 돌덩이 하나쯤 안고 살아간다. 자신을 돌보는 일조차 우리에게 주어진 시간은 늘 빠듯하다. 부디 이 글이, 일상 속에서 작은 숨구멍 하나로 남아 누군가를 쉽게 단정 짓지 말고, 조금 더 오래 바라보게 해주길 바란다.

 버티는 마음을 적어둡니다

오늘의 문장

"소통은 말이 아니라,

기다림의 문제다."

이 문장을 읽고 떠오른 나의 말

회사 밖에서 건네는 진심

운동하는 사람에게는 거칠고 강하다는 선입견이 따라붙는다. 하지만 나의 동료는 그 흔한 오해를 조용히 뒤집어버린 존재였다. 탄탄한 팔뚝으로 무게를 들어 올리는 이인 줄 알았는데, 책장을 넘길 때는 누구보다 조심스러웠고, 커피 한 잔의 온도에도 감각을 얹을 줄 알았다. 그 의외의 섬세함이 나는 좋았다.

투박한 인상의 어느 배우가 뜻밖에도 글을 쓰고 출판사를 차렸다는 소식을 들었을 때의 놀라움이 겹쳐졌다. 겉모습과 역할로만 타인을 규정해 온 내 시선을 들켜버린 비슷한 순간이었는지 모른다.

어느 날 그는 조심스레 말을 꺼냈다.
"요즘 책을 좀 읽고 있어요. 자기계발서도, 소설도요. 더 알고 싶어서요."

작가로서 다섯 권의 책을 낸 나에게 그 말은 유난히 깊숙하게 들어왔다.

누군가가 책에

내면을 여는 순간,

그 시야가

조금씩 넓어지는 장면을

나는 여러 번 목도해왔으니까.

그래서 기꺼운 마음으로 내가 쓴『서툰 마음에 말을 건네기가 두려운 당신에게』등을 건넸다. 그의 안쪽 어딘가에 잔잔한 파문이 번지기를 바라면서.

며칠 뒤, 그는 두 권의 책을 다시 내밀었다. 리베카 솔닛의『멀고도 가까운』, 조승리의『이 지랄맞음이 쌓여 축제가 되겠지』. 책을 고를 줄 아는 이는 결국 마음을 고를 줄 안다는 걸 또 한 번 알게 되었다.

우리는 커피와 막걸리 사이를 오갔다. 향 좋은 커피를 즐기고, 고소하게 퍼지는 막걸리를 좋아했다. 취향은 비슷했고, 서로를 묘하게 부드럽게 채웠다. 왁자지껄한 횟집에서 그는 커피향처럼 은근하게 속내를 풀어놓았다. 요즘의 고민, 작은 기쁨, 스쳐가는 불안, 그리고 다시 꺼내보는 다짐까지. 나는 막걸리의 달큰한 부드러움을 머금은 채 그 이야기를 들었다. 그 시간은 단순한 술자리가 아니었다. 서로의 세계 몇 페이지를 조심스레 넘겨보는, 부담 없이 솔직해질 수 있었던 귀한 밤이었다.

책을 건네고, 온기를 나누며, 한 잔의 여유를 함께하는, 그는 그런 결의 사람이었다. 그리고 그런 이가 곁에 있다는 사실만으로도, 이 복잡하고 빠른 세상에서 나는 조금 덜 공허해졌다.

오늘의 문장

"섬세함은 겉모습이 아니라,

삶을 대하는 태도에서 드러난다."

이 문장을 오늘의 나에게 건네는 말로 바꾼다면

03

하루를 받쳐준 힘의 정체

조금 살아보니 비로소 알게 된 것이 있다.

세상을 건너가는 데 끝내 남는 힘은, 눈부신 재능이나 타고난 감각이 아니라 매일을 견디는 성실함과 끈기라는 것. 하늘이 내리는 큰 행운은 자주 찾아오진 않지만, 하루를 꾸려가는 시간은 부지런함만으로도 충분히 지탱된다.

연휴에 꺼내든 임후남의 『시골책방입니다』는 그 사실을 조용히 증명했다. 폐점을 앞둔 어느 책방에서 사두고 한참이 지나서야 펼친 책이었다. 공간을 지키며 읽고, 쓰고, 자기만의 궤적을 넓혀가는 저자의 태도에 자연스럽게 고개가 끄덕여졌다.

독서란 결국 자기만의 지평을 만들어가는 일이니까. 나 역시 그런 삶을 오래 꿈꿔왔다. 읽고, 쓰고, 사유하며 사서, 독서지도사 준비까지 이어가는 과정. 이 모든 것 역시 성실과 부지런함이라는 토대 없이는 성립되지 않는다. 베짱이는 헤맨 만큼 자기 터전을 찾지 못한다. 도돌이표처럼 들리는 말이지만, 그래서 더 현실에 가깝다.

또 한 권의 책이 내 삶의 결에 정확히 닿았는데, 조남호의 『공허의 시대』였다. 저자는 없는 무엇을 찾아 헤매기보다, 지금을 먼저 채우자고 말한다. 공허는 바깥에서 메워지는 것이 아니라, 일상을 단단히 쌓아가며 메워질 수 있다는 이야기였다.

그 문장을 읽으며, 나는 지나온 시간을 떠올렸다. 청소년기의 방황이 길게 남아, 서른 중후반에 이르러서는 계획과 목표로 삶이 꽉 조여 왔다. 번아웃을 겪기도 했고, 이 길이 정말 내가 원하던 방향이었는지 문득 허무해질 때도 있었다.

그러다 조금 늦게 깨달았다.
공허의 해답은
더 멀리 달아나는 데 있는 게 아니라,
현재에 더 깊이 몸을 담그는 데 있다는 것을.

안다. 시간은 생각보다 훨씬 빠르게 흘러간다는 것을. 그러니 늦기 전에, 오늘 할 수 있는 만큼 조용히, 그러나 꾸준히 내 몫의 하루를 살아내는 쪽을 택하고 싶다.

오늘의 문장

"성실은 삶의 바닥을 만들고,

몰입은 삶을 충만하게 한다."

이 문장을 나의 말투로 다시 써본다면

되돌아보니 남아 있던 흔적

어떻게 살아야 하느냐고 묻는다면, 나는 늘 이렇게 말한다.

"처음부터 정해진 노선 같은 건 없다. 선생님의 인생에도 정답은 없다. 선생님이 가는 방향이 곧 길이다."

내 시간도 마찬가지다. 이미 놓여 있는 길을 외면하는 게 아니라, 다만 방향을 가늠하며 나아가느냐, 아니면 파도에 밀리듯 떠밀려 가느냐의 차이일 것이다.

인생은 사지선다 문제가 아니다.

보기 중에 하나를 고르면 끝나는 구조가 아니다.

답이 없는 자리에서,

그래서 삶의 질문은 결국 바깥이 아니라 자기 자신에게 돌아온다.

나이가 들수록 타인에게 답을 구할 일은 자연스레 줄어든다. 얼마나 답답하면 굿을 하거나, 점을 보거나, 누군가에게 대신 결정을 맡기고 싶어질까. 그 심정 자체는 어느 정도 이해한다. 다만, 인생의 운전대를 통째로 넘겨주지는 말자는 것이다.

대신 스스로에게 솔직한 질문을 던져야 한다.
나는 요즘 괜찮은지,
내 안쪽 상태는 어떤지,
무슨 생각으로 하루를 보내고 있는지,
겉은 멀쩡한데 속은 어디 무너지고 있지는 않은지.

너무 바쁜 일상 속에서, 이런 질문조차 사치처럼 느껴질 때가 있다. 하지만 아이러니하게도, 인생이 엉키는 순간은 대개 이런 질문을 가장 오래 미뤄둔 뒤에 찾아온다. 방향은 가늠하지 않은 채 속도만 올려왔을 때, 우리는 가장 쉽게 길을 잃는다.

북토크에서 가장 마음이 뛰는 순간도 그때다. 내가 건넨 문장 하나가 누군가의 마음속에 조용히 박히는 걸 느낄 때. 긴 호흡으로 예순을 준비하고 계신 분, 나와 비슷한 나이에 전혀 다른 인생을 설계하고 계신 분. 이미 각자의 자리에서, 자기만의 속도로 시간을 쌓아가고 있는 모습이 그러했다.

우리는 결국 누군가의 정답이 아니라 자기만의 문장으로 삶을 써내려가게 될 것이다. 그러므로 각자의 자리에서 성실히 걷고 있을 모든 이에게, 조용한 응원을 보낸다.

오늘의 문장

"길은 찾는 게 아니라,

가면서 만들어진다."

이 문장을 읽고 떠오른 나의 말

05

일터의 냄새,
지금의 기준

맡고 있던 그룹이 하루아침에 사라지며, 나는 경기도 남쪽의 한 공장 근처까지 왕복 네 시간을 오가며 몇 달을 버텼다.

아침과 오후를 견디다, 시계가 열한 시를 가리키면 작업복을 입은 사람들이 우르르 식당으로 쏟아져 나왔다. 말 그대로 하나의 '무리'였다. 그 장면을 보는 순간, 나는 자연스럽게 조선소를 떠올렸다.

'제대로 된 밥 한 끼'를 위해 외투 깃을 바짝 세우고 걸음을 재촉하던 기억이 선명하게 되살아났다. 지금은 점심시간이면 동료들과 마주 앉아 단 5분 만에 식사를 끝내고도 천천히 먹는 이를 보며 여유롭게 웃을 수 있다. 하지만 그때는 아니었다.

조선소에서의 밥시간은 휴식이 아니라 작업의 연장이었다. 성질 급한 상사들의 눈치를 보며 식판을 내려놓자마자 국을 붓고 밥을 말았다. 3분 컷. 씹는 게 아니라 목으로 삼키는, 그건 끼니라기보단 생존이며 투쟁에 가까웠다.

반찬은 늘 고기나 소시지였다. 여름이면 그 기름 냄새가 땀 냄새와 뒤섞여 식당을 가득 채웠다. 안전화 벗은 발냄새까지 더해지면 그건 하나의 '조선소 향수'가 됐다.

누군가에게는 고역이었겠지만, 우리는 그 냄새마저 일의 일부로 받아들였다. 그 안에는 땀의 무게, 그리고 살아 있다는 감각이 고스란히 배어 있었다. 가끔 만원 지하철 안에서 체취가 뒤엉켜 올라올 때면, 그때의 점심시간이 여지없이 떠오른다.

삶의 냄새란 참 묘하다. 한때는 버거웠는데, 지금은 그리움이 된다. 그 땀과 허기, 3분짜리 점심 속에는 내가 몸으로 지나온 생의 흔적이 스며 있었다.

그래서 나는 믿는다.
일터는

결국, 일은 사람의 온도로 완성된다. 그 시절의 나는 '현장'이라는 말을 단순히 물리적인 공간으로만 이해했다. 먼지와 소음, 기계음과 작업복이 어울린 장소. 그 안에서 구성원은 늘 부차적인 존재라고 여겼다. 하지만 시간이 지나고 나서야 알게 됐다. 조직이란 결국 사람이 모여 만들어지는 곳이라는 걸. 그곳의 공기, 속도, 온도는 늘 몸에서 시작된다는 사실을.

그래서 나는 지금도 어떤 조직을 마주할 때, 가장 먼저 얼굴을 본다. 말투와 표정, 그 사이에 흐르는 기류를 읽는다. 숫자보다, 전략보다, 보고서보다 먼저. 그 안에 쌓인 결이 어떤 방향을 띠고 있는지를. 그 온기가 살아 있다면, 그곳은 아직 움직일 힘이 남아 있다. 반대로 무색무취에 가까운 분위기는, 이미 숨이 멎어가는 조직이라는 걸지도 모른다.

오늘의 문장

"일은 살아온 시간의

진한 향으로 완성된다."

이 문장을 오늘의 나에게 건네는 말로 바꾼다면

"일은 살아온 시간의

진한 향으로 완성된다."

06

떠남을 연습하는 회사

"하루에 열 시간 넘게, 가족보다 더 많은 시간을 함께 죽을힘을 다해 일했는데……. 대체 나에게 왜 이래."

조직에서 좌천을 통보받고 무너져 내리던 지인의 이 한마디는, '가족 같은 회사'를 내세웠던 전 직장에서의 내 기억을 단번에 끌어올렸다. 얼마 전, 12년 만에 상여금을 지급할 수 있게 됐다는 기사를 보고, 그 기나긴 세월을 실감하며 잠시 놀랐다. 지금이야 조선업이 다시 기지개를 켰지만, 그 시절엔 구조조정의 칼날이 회사 전체를 휘감고 있었다.

나는 그 안에서 '가족 같은 동료들'이 하나둘씩 그 칼날에 베여 나가는 모습을 똑똑히 지켜보았다. 함께 야근하던 얼굴들이 어느 날 갑자기 사라지고, 빈자리는 아무 일 없었다는 듯 정리됐다. 회사는 여전히 '가족'을 말했지만, 그 말은 가장 먼저 잘려 나가는 순서표 같아 보이기도 했다.

그 뒤로 스스로를 다잡았다. 언제든 이별할 수 있어야 한다고. 너무 깊이 기대지 말자고. 하지만 말처럼 쉬운 일은 아니었다. 한 번 마음을 주면 끝까지 내어주는 성격인데다, '적당한 간격'이라는 감각은 의식적으로 연습하지 않으면 몸에 배지 않았다.

절규하는 친구를 보며 그때의 장면이 다시 떠올랐다. 그렇게 흩어지던 순간들도 지나고 보면 결국 삶의 한 장면으로 정리되었다. 언제 그랬냐는 듯 희미해지고, 각자의 일상과 현실 속으로 스며들었다. 가까웠던 관계도 결국은 각자의 길로 흘러간다. 그것이 삶의 자연스러운 방향이라는 생각이 들었다. 나는 여전히, 시간은 대부분의 감정을 정리해 준다는 말을 믿는다.

언젠가부터 나는 조직 안에서 '가족'이나 '식구'라는 표현을 조금은 조심하게 되었다. 그 말이 틀려서가 아니라, 너무 쉽게 상처가 될 수 있기 때문이다. 같은 시간을 견뎠고, 같은 공간에서 버텼고, 같은 불안을 나눴지만 그럼에도 우리는 끝내 같은 방향을 바라볼

     버티는 마음을 적어둡니다

수는 없다.

떠나는 쪽도, 남는 쪽도
각자의 사정과 각자의 무게가 있다.
누가 더 옳았는지,
누가 더 억울한지를 가려내는 일은
시간 앞에서는 금세 힘을 잃는다.

그래서 요즘은 누군가 멀어질 때 붙잡기보다 조용히 인사를 건
넨다. 여기까지도 충분히 잘 버텼다고. 잘 가라고.

적당한 거리는 차갑기 위해서가 아니라,

어쩌면 서로를 오래 기억하기 위한 최소한의 예의인지도 모른다.

오늘의 문장

"이별은 상처가 아니라,

성숙으로 가는 과정일지도 모른다."

이 문장을 나의 말투로 다시 써본다면

07

흔들림 속에도 서 있는 법

어느 판사의 입을 통해 이런 말이 흘러나왔다.

"프로는 징징거리지 않는다."

불평 대신 책임을 택해야 한다는 이 문장은 묘하게 오래 남았다. 차갑지도, 무책임하지도 않았다. 다만 자기 몫을 스스로 떠안겠다는 태도에 더 가까웠다.

뤼디거 달케의 『보이지 않는 질서』를 읽으며, 나는 자연스레 요한 볼프강 폰 괴테가 떠올랐다. 괴테는 "자연에는 우연이 없다."라고 말했다. 인간의 여정 또한 자연의 법칙 속에서 움직인다고 보았다. 달케 역시 우리가 우연이라 부르는 사건들 즉 반복되는 실패, 질병, 관계의 균열이 사실은 삶이 보내는 상징적 신호라고 말한다. 파우

스트가 같은 오류를 되풀이하다 마침내 자신을 직면하듯, 인간은 내면을 마주하기 전까지 비슷한 패턴을 반복한다는 것이다.

인상적인 지점은, 달케가 운명을 숙명으로 고정하지 않는다는 데 있다. 괴테가 "인간은 스스로 운명을 만들어간다."라고 보았듯, 인식의 전환이 곧 현실의 전환이라고 말한다. 보이지 않는 질서를 알아차리는 순간, 우리는 더 이상 피해자가 아니라 삶의 공동 창조자가 된다.

그래서 이 질문이 오래 맴돈다.
"나는 지금, 어떤 흐름 위에서 살고 있는가?"

정돈되지 않은 상태처럼 보여도 흔들린다는 건 아직 포기하지 않았다는 증거다. 균열이 생길 때 우리는 스스로를 몰아붙인다. 더 빨리, 더 많이, 더 완벽하게 살아야 한다고. 하지만 어쩌면 그 흔들림 자체가, 삶이 우리에게 보내는 또 하나의 신호인지도 모른다.

어른이 된다는 건,

지금의 나를 다그치는 일이 아니라

"나는 지금 어디에 서 있는가."를

정직하게 묻는 데 더 가깝다.

프리드리히 니체의 『위버멘쉬』에서 초인은 자기 의지로 가치를 창조하는 존재라면, 내가 생각하는 성숙은 주어진 조건을 끝까지 감당하겠다는 태도다. 외부의 기준에 휘둘리지 말 것. 말이 아니라 살아낸 결과로 증명할 것. 기쁨도 분노도 남에게 넘기지 말고 내 몫으로 책임질 것. 그건 초월이 아니라 감내다. 더 높이 오르기보다 지금 발 딛고 있는 곳을 정확히 딛는 일. 더 크게 살기보다, 더 곧게 사는 것도 충분하다는 선언.

그래서 이 문장이 다시 나를 세운다.

"넘어질 수는 있다. 하지만 바닥을 이유로 세상을 원망하지 않을 때, 나는 다시 걸을 수 있다."

오늘의 문장

"바닥을 이유로 세상을 원망하지 않을 때,

나는 다시 걸을 수 있다."

이 문장을 읽고 떠오른 나의 말

08

안다고 믿었던 순간의 틈,
회의 이후

어느 조직의 회의는 늘 비슷한 결로 흘러갔다.
"예전에 내가 해봤는데 말이야, 그땐 이렇게 했어."

발언은 넘쳐났고, 경험도 풍부했다. 각자의 확신이 테이블 위에 차곡차곡 쌓였다. 서로의 말 위에 또 다른 말이 얹히고, 그 위에 다시 이야기가 포개졌다. 회의실은 점점 잔칫상처럼 풍성해졌지만, 이상하게도 배는 차지 않았다.

한 시간이 훌쩍 지나서야 간신히 결론이 났다.
"그럼 A 팀장이랑 같이 정리해서 미팅 잡아."

회의는 끝났지만, 허기는 남았다. 그렇게 많은 이야기가 오갔는

데, 정작 남은 건 정리된 한 줄뿐이었다. 그 순간 문득 이런 생각이 들었다. 우리는 답을 찾고 있었던 게 아니라, 각자의 그림자를 확인하고 있었던 건 아닐까. 겉모습은 진수성찬이었지만, 속은 텅 비어 있었다.

사람은 저마다의 동굴에서 세상을 본다. 벽에 비친 그림자를 진짜라고 믿고, 그 바깥의 풍경을 상상하지 못한 채 말한다. 그 생각 앞에서 나는 타인이 아니라 나를 먼저 떠올렸다. 혹시 나 역시 내가 본 장면과 경험, 확신만으로 세상을 설명하려 들고 있었던 건 아닐까. 동굴 밖의 빛을 보지 못한 채, 그 안이 전부인 것처럼 믿은 건 아닐까.

사람은 다 안다고 여기는 순간부터 놓치기 시작한다. 그때부터 질문은 사라지고 단정만 남는다. 대화는 줄어들고 자기 해석만 남는다. 꼰대가 별것일까. 내가 말을 마친 뒤 공기가 멎고 정적이 감돈다면, 그 발화의 중심은 나다. 그리고 그때의 나는 꼰대다. 침묵이 찾아왔다는 건 누군가가 틀렸다는 뜻이 아니라 누군가가 너무 오래 말했다는 신호일지도 모른다. 동굴 밖을 보지 못한 채 안에서만 울리는 목소리처럼.

그래서 나는 말을 시작하기 전, 한 박자를 더 늦추기로 했다. 지금 하려는 말이 대화를 앞으로 밀어줄 문장인지, 아니면 이미 알고 있는 사실을 다시 확인하려는 소리인지 스스로에게 묻는다. 가끔은 아무 말도 하지 않는다. 누군가의 생각이 미완으로 남았을 때, 그 여백을 서둘러 채우지 않고 조금 더 두고 본다. 그때 비로소 내가 미처 보지 못했던 방향이 다른 사람의 입에서 나오기도 한다.

말을 줄인다고 존재가 옅어지지는 않았다. 오히려 그 반대였다. 내가 비운 자리에서 다른 사람의 생각이 조용히 모습을 드러냈다.

꼰대가 아니라는 증거는
새로운 말을 더 보태는 데 있지 않다.
이미 쥐고 있던 말을
잠시 내려놓을 여유가 있는지,
어쩌면 그 감각에서 시작되는지도 모른다.

오늘의 문장

"사람은 다 안다고 생각하는 순간부터

놓치기 시작한다."

이 문장을 오늘의 나에게 건네는 말로 바꾼다면

09

마주하기로 결심한 날

원래 잘 울지 않는 사람이라고 생각했다. 찔러도 피 한 방울 나올 것 같지 않던 내가, 책 인터뷰를 위해 마흔 명 남짓한 어르신들을 만나며 여러 번 눈물을 삼켰다. 감정이 북받쳐서라기보다, 그동안 외면한 채 지나쳤던 장면들이 뒤늦게 한꺼번에 밀려왔기 때문이다.

『어느 날, 말 많은 로봇이 집에 왔는데』를 준비하는 동안 아버지를 자주 떠올렸다. 여든이 된 그는 예전처럼 바깥을 자주 오가지 못하고 집 안에서 긴 시간을 보내신다. 조용해진 집 안에서 비로소 선명해진 사실이 있었다. 사람은 나이가 들수록 말이 줄어드는 게 아니라, 말을 건네는 사람이 줄어든다는 것.

책을 쓰며 만난 어르신들의 삶은 그리 특별하지 않았다. 오히려 지나치게 평범해서, 내가 얼마나 많은 순간들을 제대로 보지 못한 채 흘려보내왔는지 깨닫게 했다. 하루에 몇 번이나 안부전화를 기다리는지, 대화가 끊긴 집이 얼마나 빨리 식어 가는지. 그제야 또렷해졌다. 외로움은 감정이 아니라, 놓인 환경이라는 사실이.

물론 AI 반려 로봇이 삶을 대신 살아주지는 않았다. 그저 먼저 말을 건넸을 뿐이다. 사회복지사에게는 문을 닫던 어르신이 "로봇 인형 보고 가요."라는 말에는 열어주던 순간, 나는 또 하나를 확인했다. 사람은 관계를 거부하는 존재가 아니라, 관계에 들어가는 방식 앞에서 잠시 머뭇거릴 뿐이라는 것을.

우리는 종종 기술이 사람을 대체할 거라고 말한다. 하지만 현장에서 마주한 풍경은 달랐다. 기술은 사람을 완전히 대신하지 않았다. 오히려 다시 말 걸 용기를 건네고 있었다. 그리고 그 이유를 매개로, 사람은 다시 사람에게 다가갔다.

돌봄의 최전선에는 여전히 사람이 있다. 공무원, 사회복지사, 생활지원사, 요양보호사. 그들의 손길 없이는 어떤 기술도 온전히 작동하지 않는다. 이제야 제대로 보이게 된 것들이 조금 늦은 건 아닐까 하는 생각도 스쳤다.

이 과정을 거치며 질문도 달라졌다. 우리는 어떻게 나이 들어갈 것인가. 그리고 그때, 어떤 어른으로 남고 싶은가. 돌봄은 누군가의 문제가 아니라 결국 우리 모두의 미래라는 사실도 그 안에서 함께 드러났다.

사람은 한 번의 이해로 끝나지 않는다.
살아 있는 동안,
계속 달라지고,
조금씩 알아가며,
때로는 뒤늦게 깨닫기도 한다.

누군가의 외로움을 통해,
그리고 눈물 뒤에 남은 사람들을 통해서.

나는 아직도 배우는 중이다. 인생의 선배들 앞에서 그리고 나 자신의 삶 앞에서.

오늘의 문장

"어른이 된다는 건 다 아는 이가 되는 게 아니라

다시 배우는 사람이 되는 일이다."

이 문장을 나의 말투로 다시 써본다면

10

참기 전에
나에게 물었던 것

"우리가 기분 나쁜 일이 있으면 괜히 이불 뒤집어쓰고 맥주를 까고, 소주를 먹잖아요.

그럴 게 아니라 춤을 추든, 내가 즐거운 걸 하든, 그냥 내가 괜찮아지면 되는 거예요."

북토크에서 자주 꺼내는 말이다.
스스로를 단단히 세우는 방법은 생각보다 단순하다.
삶이 막힐 때 빠져나올 숨구멍 하나쯤은,
상비약처럼, 빨간약처럼 반드시 구비해 두라는 것.

그래서 요즘에도 스스로에게 자주 묻는다.
나는 지금 무엇을 바라보고 있는지, 앞으로 어디로 가고 싶은지.

예전의 나는 그러지 못했다. 다음 날 자격증 시험이 있어도 상사가 갑자기 회가 먹고 싶다고 하면 별 고민 없이 따라 나섰다. 지금은 다르다. 물론 하루아침에 바뀐 게 아니다. '좋은 게 좋은 거지.'라는 마음으로 웬만한 일은 다 받아들이며 살아온 시간이 길었다. 하지만 솔직히 말하면, 그 방식은 내게 거의 도움이 되지 않았다. 지극히 개인적인 경험이지만, 적어도 나에게는 그랬다.

그래서 지금도 나에게 되묻는다. 지금 정말 하고 싶은 게 뭔지. 아들과 치킨에 맥주 한 잔인지, 유튜브를 보는 건지, 책을 펼치고 싶은 건지, 아니면 따뜻한 커피를 앞에 두고 아무 생각 없이 멍하니 있고 싶은 건지.

이 질문은 생각보다 중요하다. 우리는 너무 바쁜 나머지, 정작 무엇을 원하는지도 모른 채 하루를 보낸다. 곱씹어보면 꽤 서글픈 일이다.

그래서 북토크에서 만나는 분들께 늘 부탁드린다. 이 자리를 나선 뒤, 지금 내 상태는 어떤지, 나는 무엇을 향하고 있는지, 반드시 한 번쯤 스스로에게 물어봐 달라고.

입사 두 달도 채 되지 않아 얼떨결에 솔루션 강사로 현장에 나간 적이 있다. 마이크를 쥐고 서 있었지만 "목소리가 안 들린다."라며 고래고래 소리치는 고객 앞에서 B2C(Business To Customer) 비즈니스의 매운맛을 제대로 겪었다. 숨이 턱 막히는 순간이었다.

내 경우, 책으로 이어진 귀한 독자들을 만나는 시간이 나를 다시 숨 쉬게 한다.

그렇다. 사람을 만나는 일은 나를 회복시키기도 한다. 각자의 내면을 들여다보다가 다시 만나기를 기약하며. 우리는 해낼 수 있다. 무엇보다, 우리 자신을 구하고 지켜내는 그 일을.

오늘의 문장

"우리가 훈련해야 할 건

나에게 묻는 습관이다."

이 문장을 읽고 떠오른 나의 말

버티는

태도에

대하여

이 장은
어른이 된다는 것,
앞에 선다는 것,
끝까지 남는다는 것의 의미를 묻습니다.

견디는 건
무작정 참는 일이 아니라,
도망치지 않고
자기 자리에 서는 태도였습니다.

이 장의 문장들은
권위가 아니라 책임으로,
말이 아니라 방향으로
사람을 이끄는 순간들을 불러옵니다.

당신이 지켜온 '버티는 방식'을
여기에 조용히 적어보세요.

나를 위한 여백

이 장에 들어서기 전,
잠시 멈춰 현재의 나를 마주합니다.
견뎌낸 시간들이 쌓인 자리에서
지금의 마음을 먼저 기록해 보세요.

• 나는 언제 앞에 서야 했나요?

그때 무엇이 가장 두려웠나요?

• 설명 대신, 책임을 택했던 순간이 있었나요?

• 지금의 나는, 누군가에게 어떤 방향을 보여주고 있나요?

책임 앞에 서는 사람

팀 사무실 한 켠에서, 한 직원이 다른 팀 임원에게 집요하게 몰아붙임을 당하고 있었다. 그 장면을 아무 말 없이 그저 지켜보기만 하던 윗사람이 있었다.

책임져야 할 순간에 오히려 한발 물러서고, 성과가 날 것 같으면 언제 그랬냐는 듯 숟가락을 살포시 얹는 태도. 그 침묵은 비겁함보다 더 초라해 보였다. 그 모습은 나에게 분명한 반면교사다. 나는 저렇게 살지 않으리라. 단 한 순간도.

일은 결국 누군가가 감당해야 한다.
중심에 선 존재는 남이 하는 보고만 받는 사람이 아니라,
문제의 앞에 서는 이다.

그런데 세상에는 '역할만 흉내 내는' 이들이 적지 않다. 전달은 하지만 결정을 미루고, 상황은 알지만 부담은 피한다. 그들은 이끄는 자가 아니다. 그저 그 자리에 앉아 있을 뿐이다.

감정으로 움직이는 사람은 많지만, 무게를 떠안을 수 있는 이는 드물다. 책임은 언제나 불편하기 때문이다. 보상을 받는다고 일이 되는 게 아니다. 결과를 짊어질 때 비로소 그 위치에 의미가 생긴다.

일이란 손을 더럽힐 각오로 엉킨 실타래를 풀어내는 과정이다. 그럼에도 여전히 많다. 사안은 흐려놓고, 문제의 흔적만 남긴 채, 결과에는 이름을 올리지 않고 전달만 하는 이들. 그들은 이끄는 사람이 아니다. '책임 없는 권한'을 즐기는, 직함의 소유자일 뿐이다.

진짜 리더는

기분이 아니라 결과로 말한다.

결단하고, 움직이고, 감당한다.

조직의 공기를 가장 무겁게 만드는 쪽은 감정만 앞세운 채 짊어질 용기와 물러설 용기 모두 없는 사람들이다.

그래서 나는 어떤 자리에 설 때마다 스스로에게 묻는다. 지금 내가 서 있는 이곳이, 누군가를 가려주는 그늘이 되고 있는지, 아니면 누군가를 홀로 남겨두는 벽이 되고 있는지.

리더십은 멋진 말로 증명되지 않는다. 누군가가 가장 불리한 순간에, 가장 먼저 앞으로 나서는 태도에서 드러난다. 그 한 걸음이 조직의 방향을 바꾸고, 사람의 마음을 붙든다. 결국 사람들은 말을 기억하지 않는다. 그때, 당신이 어디에 서 있었는지 알 뿐이다.

오늘의 문장

"리더는 보고를 받는 사람이 아니라,

책임 앞에 서는 이다."

이 문장을 읽고 떠오른 나의 말

02

도망자와 남는 자의 차이

어느 조직에 작은 소요가 있었다고 한다. 데시벨을 잰 것은 아니지만, 누군가 입으로 내는 정체불명의 '꺽꺽' 소음은 분명 컸고, 업무에 몰입하기 어려울 만큼 반복되었다고 했다.

건강상의 이유인지, 개인적인 사정인지는 알 수 없었다. 다만 분명한 건, 그 소리가 일의 흐름을 지속적으로 끊고 있었다는 사실이다. 해당 사안은 인사팀 등 여러 경로로 전달되었는데, 돌아온 첫 답변은 의외로 단순했다. "참아라."

왜 그래야 하는지에 대한 설명은 없었다. 그 말은 해결 의지라기보다, 문제를 만들지 말고 조용히 견디라는 무언의 압박처럼 들렸다는 이야기들. 도통 이해할 수 없었다. 집중이 어려운 상황이 지속

된다면, 그건 개인의 예민함이 아니라 근무 환경 문제다. 그리고 이런 일이 발생했을 때 중심에 선 위치의 역할은 인내를 종용하는 게 아니라 해결의 실마리를 찾으려는 태도를 먼저 보이는 일이어야 하지 않을까.

예컨대 당사자에게 현재 상태를 전달하고, 원인이 무엇인지, 조정 가능한 방안이 있는지 묻는 것부터 시작할 수 있다. 우선순위를 정하지 못했거나 방법을 모른다면 구성원에게 묻고 배우면 된다. 다만 한 가지는 분명하다. 무릎이 깨져 피가 나더라도, 결과에 대한 부담은 그 자리에 선 이가 짊어진다.

그러나 그는 선택하지 않았다. 나서지도, 묻지도 않았다. 대신 숨었다. 그리고 그런 모습은 늘 그렇듯 드러난다. 일이 잘 풀릴 때만 앞에 서는 이나, 상황이 꼬이면 곧바로 물러나는 이나 중심을 맡기기 어려운 건 마찬가지다.

무릇
중심에 선 이는 상황이 엇갈렸을 때
우선순위를 정하고
가장 높은 허들을 먼저 넘는 존재다.

관심의 추가 '주목받는 일'쪽으로 기울어지는 순간, 집단은 방향을 잃는다. 그때 이미 균형은 무너지고, 현장은 침묵으로 채워진다. 말이 사라진 자리에는 체념이 쌓인다. 사람들은 더 이상 묻지 않고, 각자 최소한의 몫만 수행한다. 그 순간부터 조직은 서서히 와해된다.

일을 마친 뒤 생색부터 내는 이들, 남이 해놓은 성과 위에 자기 이름 석 자를 얹으려는 사람들. 그 심리를 이해 못 하는 건 아니다. 하지만 그런 행동은 신뢰를 갉아먹고 질서를 허문다.

조직은 말로 움직이지 않는다.
결과를 떠안을 이가 있을 때만,
조용히, 그러나 분명하게
앞으로 나아갈 수 있다.

오늘의 문장

“문제가 생겼을 때 사라지는 사람은

리더가 아니라 구경꾼이어야 한다.”

이 문장을 오늘의 나에게 건네는 말로 바꾼다면

03

핑계를 내려놓는 얼굴

일이 어그러질 때마다, 본인이 탐정이라도 된 듯 습관처럼 '범인 찾기'부터 하는 이가 있었다. 문제가 생기면 원인을 함께 들여다보기보다, 누가 잘못했는지를 먼저 지목하는 태도. 그 고약한 버릇이 공기를 얼게 만드는 장면을 여러 번 목격했다.

그를 향해 가장 먼저 든 감정은 분노가 아니라 연민에 가까웠다. 비겁하다기보다, 어른으로서 아직 덜 자랐다는 느낌이었다. 부담을 함께 짊어지기보다 떠넘기려는 모습은 결국 자기 자신만 방어하는 가장 미숙한 대응처럼 보였기 때문이다.

문득 이런 질문을 떠올렸다.
"인간이란 무엇인가?"

나는 '책임을 지는 존재'라고 생각한다.

스스로 선택했다면,
그 결말이 실패든 성취든
끝까지 감당하는 것.
특히 성인이라면 더욱 그래야 한다.
그것이 미성숙한 존재와
우리를 가르는 경계이기 때문이다.

이 생각은 사이토 사토루의 『나는 왜 나에게만 가혹할까』를 읽으며 더 또렷해졌다. 정신과 의사인 저자는 인간을 고쳐 써야 할 대상으로 보지 않는다. 이해하고, 다루며, 끝내 자기 몫을 짊어지는 존재라는 전제에서 이야기를 풀어간다.

그는 말한다. 성숙해지기 위해 필요한 힘은 현실을 바라보는 통찰, 충동을 조절하는 능력, 스스로를 받아들이는 태도, 멈출 줄 아는 여유, 그리고 타인을 헤아리는 감각이라고.

이 다섯 가지를 완벽히 갖추지 못해도 괜찮다. 다만 그 방향으로 계속 나아가려는 자세가 중요하다. 욕망을 억누르기보다 알아차리고, 자책에 머무르기보다 스스로를 감당하는 자존감으로 살아가는 것. 그것이 성인의 방식이라고 말이다.

생각해 보면, 범인을 찾는 데 익숙한 이는 대개 자기 안의 불안을 버티지 못한 경우가 많다. 잘못이 명확해지면 마음이 잠시 가벼워지기 때문이다. 하지만 그 안도감은 오래가지 않는다. 상황은 남고, 관계는 금이 가며, 결국 더 큰 불안이 되돌아온다.

범인을 찾는 대신

내 몫을 받아들이는 순간,

우리는 조금 더

성숙에 가까워진다.

오늘의 문장

"어른이란,

비난보다 성찰을 선택하는 자다."

이 문장을 나의 말투로 다시 써본다면

이름보다 먼저
증명해야 할 것

가끔 전 직장 동료들을 만나 이런저런 이야기를 나누다 보면, 어느새 그곳의 직급 체계가 달라진 지 오래라는 걸 깨닫게 된다. 대리, 과장, 차장 같은 호칭 대신 모두가 '프로'라고 불린다.

그런데 말이다. 누구나 그렇게 불려도 되는 걸까. 김동훈의 『리더의 언어사전』을 읽으며 나는 그 질문을 다시 하게 됐다. 이 책에서 말하는 '프로'는 단순히 직함을 대체한 호칭이 아니었다. '프로'는 '프로페션(profession)'에서 왔다. 그 뿌리는 라틴어 프로페시오로 공언, 선언, 표명을 뜻한다. 결국 '프로'란 공적인 자리에서 자신의 역할과 책임을 또렷하게 드러낼 수 있는 존재라는 의미다.

즉, 진짜 전문가는 남의 지시에만 반응하는 이가 아니라, 왜 이

일을 하는지 스스로 이해하고 움직일 수 있는 자다. 의미를 내면에서 만들어내지 못한 채 주어진 것만 따라간다면, 아무리 '프로'라는 이름을 달고 있어도 그 위치를 오래 지키기는 어렵다.

조직 안에서 맡은 기능을 수행하는 동시에, 자신의 삶으로 그 가치를 보여주는 존재라고 본다면, 그저 자리를 채운 채 시간을 흘려보내는 하루가 얼마나 공허한지 더 또렷해진다.

책은 말한다. 이제 역량의 격차는 스펙이 아니라 스토리에서, 그 서사는 다시 진정성에서 갈린다고. 결국 프로란 어떤 직위가 아니라, 자신이 하는 일을 부끄럽지 않게 설명할 수 있는 자세에서 나온다. 그리고 그것은 오랜 시간 속에서만 증명된다.

**나는 이제
어떻게 불리느냐보다,
오늘 내가 한 선택과 결과를
스스로 납득할 수 있는지를 더 자주 돌아본다.**

그렇게 하루를 건너다보면,
언젠가 나 스스로 받아들일 수 있는 이름 하나쯤은

남아 있지 않을까.

그게 내가 생각하는, 가장 현실적인 '프로'의 의미이길 바란다.

오늘의 문장

"프로란 자기 행동과 선택을

스스로 설명할 수 있는 사람이다."

이 문장을 읽고 떠오른 나의 말

05

말의 부피, 책임의 무게

일찌감치 팀장이 된 친구가 이런 말을 했다.

"본인 일만 할 게 아니라 구성원들에게 큰 틀을 보여줘야 그게 팀장이에요."

꽤 오래 마음에 남았다. 리더란 목표를 정확히 짚고, 그곳에 이르는 전체 구조를 제시해주는 존재라는 뜻일 것이다. 그 안에는 반드시 두 가지가 함께 담겨야 한다. 하나는 회사의 과업, 다른 하나는 후배들의 커리어 패스다.

그림을 그린다는 건 단순히 친절하게 설명해준다는 의미가 아니다. 결정의 부담을 먼저 떠안겠다는 선언에 가깝다. 방향을 정하고, 선택의 이유를 말하며, 그 결과가 좋든 나쁘든 가장 앞에서 감당하겠다는 자세 말이다.

그 한 문장이 구성원들의 하루를 덜 흔들리게 하고,
업무의 무게를 정확한 자리에 내려놓는다.

나는 중언부언하는 말을 딱 질색한다. 들여다보면 대개 공갈빵이기 때문이다. 부풀어 있긴 한데, 씹을수록 남는 게 없다. 아는 척은 해야겠고 말은 길어지는데, 정작 무슨 이야기를 하는지는 스스로도 모르는 경우를 너무 많이 봤다.

한참을 말해놓고도, 아무런 한방도 남기지 않는 발언을 나는 경계한다. 알맹이 없는 말에는 책임도, 결론도 없다. 일은 결과로 증명되고, 사람은 남긴 방향성으로 기억된다.

내가 원하는 성과를 만들려면, 먼저 완성된 모습의 윤곽을 그려봐야 한다. 끝의 형태를 보지 못한 채 움직이면, 왜 이 일을 하는지,

배경과 목적이 무엇인지 쉽게 놓치게 된다.

우리는 대개 실행부터 하라고 배워왔지, 완성된 모습을 먼저 그리는 데는 익숙하지 않다. 그래서 성과를 머릿속에 그려보는 일은 생각보다 훨씬 어렵다.

하지만 기획이든 전략이든, 성패를 가르는 건 "열심히 했다."라는 태도가 아니다. 실행자의 관점에서 설계와 실행이 함께 있었느냐가 핵심이다. 이제는 전체적인 맥락도 모른 채, 고객의 니즈도 제대로 읽지 못한 채 성실함만으로 버티는 방식에서 벗어나야 한다.

그래서 나는 무엇을 할 것인가보다, 무엇을 남길 것인가를 먼저 생각한다. 지금 이 선택이 일주일 뒤, 한 달 뒤, 혹은 누군가의 이력 한 줄에 어떤 흔적으로 남을지를 떠올린다. 그 질문이 선명해질수록 해야 할 일과 하지 않아도 될 일은 의외로 또렷하게 갈린다.

전체 구상이 없는 노력은 쉽게 방향을 잃고 소진된다. 반대로 머릿속에 한 장의 그림이 있으면 속도는 느릴지 몰라도 걸음은 흔들리지 않는다. 나는 더 이상 손만 바쁘게 움직이는 사람이 아니라, 조용히 구조를 그리고 그것을 감당하는 사람이고 싶다.

오늘의 문장

"말이 길어질수록 책임이 흐려질 때,

그건 설명이 아니라 회피다."

이 문장을 오늘의 나에게 건네는 말로 바꾼다면

"말이 길어질수록 책임이 흐려질 때,

06

묻지 않는 리더십의 위험

대통령의 업무보고 생중계를 두고 의견이 엇갈렸다. 지엽적인 부분까지 캐묻는다는 비판도 있었고, 공직 사회의 긴장도를 높이는 데 효과적이라는 평가도 있었다.

정치적 효능감을 높인다는 주장에도 어느 정도는 고개가 끄덕여진다. 공직에서 수년을 보내며 내가 몸으로 느낀 행정은 생각보다 훨씬 복잡했다. 기업에서 특정 영역의 전문성을 쌓아온 사람이라 해도, 행정에 들어서는 순간 끊임없이 다시 공부해야 한다. 복지, 환경, 재개발 및 재건축, 각종 정책과 제도……. 무엇보다 같은 사안을 두고도 내가 공급자일 때와 수요자일 때의 시선은 완전히 달랐다.

그래서 정혜승의『정부가 없다』에 나오는 문장이 오래 남았다. 지도자는 모든 분야의 전문일 수는 없고, 대신 각 분야의 전문가와 담당자에게 필요한 질문을 던질 줄 아는 존재여야 한다는 말이다.

지금 상황은 어떤지, 현안은 무엇인지, 구체적으로 어디까지 진행됐는지. 그 질문을 통해 구성원이 자기 역할을 제대로 수행하게 만들고, 스스로의 한계를 한 발 더 넘어가도록 돕는 것. 최선이 어렵다면 차선은 무엇인지, 더 나아가 최악까지 대비해야 하는지 함께 고민할 수 있는 환경을 만드는 것. 그것이 리더의 몫이다.

이 모든 건 결국 관심과 자세에서 나온다. 스스로 모든 걸 안다고 믿고 움켜쥐는 순간, 이미 길은 막힌다. 아이러니하게도 어설픈 자신감은 과도한 개입으로 이어지기 쉽다. 자기 발의 티눈도 보지 못하면서, 타인의 발걸음까지 간섭하려 드는 것과 비슷하다. 그럴수록 차라리 전문가에게 맡기는 편이 낫다.

리더십은 과시적 단정에서 나오지 않는다. 묻고, 듣고, 판을 여는 데서 시작된다는 걸 나는 행정과 조직을 오가며 점점 더 분명히 느꼈다. 그래서 리더십을 '유능함'의 크기로만 보지 않는다. 얼마나 많이 아느냐보다, 무엇을 묻고 무엇을 남기느냐의 문제로 본다.

질문하지 않는 리더 밑에서는 구성원이 성장하지 않는다. 보고만 오가고 책임은 흐려지며, 결국 집단은 조용히 멈춰 선다. 겉으로는 아무 일도 없는 것처럼 보여도, 그 안에서는 판단력과 감각이 무뎌지며 서서히 닳아간다.

일을 망치는 건 무능보다 확신이다. 이미 답을 쥐고 있다고 믿는 순간, 다른 가능성은 배제되고 위험 신호는 일부의 기우로 취급된다. 그러다 사고가 나면 늘 같은 말이 반복된다. "그땐 그게 최선이었다."

하지만 정말 중요한 건 그때 무엇을 몰랐는지를 인정했는지, 누구의 말을 들으려 했는지, 그리고 질문할 용기가 있었는지다.

리더는 해결사가 아니라 설계자에 가깝다.
사람들이 제대로 고민할 수 있도록 판을 만들고,
최악까지 상상할 수 있도록 질문을 던지며,
그 과정에서 생기는 불편함을
가장 먼저 감당하는 존재.

이 글을 읽는 당신은 어떤 리더를 꿈꾸는가.

오늘의 문장

"리더는 답을 쥔 사람이 아니라

질문을 여는 자다."

이 문장을 나의 말투로 다시 써본다면

07

피드백은 있었지만,
방향은 없었다

남의 보고만 주로 듣는 상사가 있었다. 그게 본인의 역할이라고 정말 믿은 것인지, 업무 진행이 완벽해서 더 할 말이 없는 것인지, 아니면 사안 자체에 관심이 없는 것인지, 단순히 이해가 부족한 것인지, 이유를 도통 가늠할 수 없었다.

누군가는 이렇게 말했다.

"남이 한 내용을 듣고, 그걸 자기 보고로 만드는 걸 주된 업무라 여기는 것 같아요."

맞는 말이었다. 돌아오는 코멘트라곤 고작 글자체 정도였다.

문서의 모양은 보지만 흐름은 보지 못하는 수정. 결과는 읽지만 과정에는 관심이 없는 반응. 코칭이라기보다는 '검토했다.'라는 흔적에 가까운 말들. 의견은 남았지만 일은 앞으로 나아가지 못했다.

요즘 직장인들이 꼽는 이상적인 리더상은 분명하다. 바로 설명이 명확한 사람이다. 2023년 한 구인구직 플랫폼이 MZ세대 직장인 천여 명을 대상으로 조사한 결과, 1위는 '피드백이 명확한 상사(42%)'였다. 그 다음은 '솔선수범하는 윗사람', '실무에 능숙한 관리자'였다.

반대로 원칙만 앞세우거나 형식부터 따지거나 말뿐인 혁신을 외치는 윗선에 대한 선호도는 낮았다. 그들이 원하는 건 방임도 간섭도 아니다. 업무가 어디로 향하고 있는지, 다음 단계에서 무엇을 하면 되는지, 그 윤곽을 보여주는 존재다.

이 지점에서 조 허시의 『피드포워드』가 떠올랐다. 저자는 성과 관리의 핵심을 '평가'가 아니라 '대화'라고 말한다. 그는 딜로이트의 새로운 평가 방식을 소개한다.

이 사람이 조직에 어떤 가치를 남겼는지,

동료와 얼마나 잘 협업하는지,

팀이나 고객에게 위험 요소가 될 가능성은 없는지,

그리고 앞으로 얼마나 성장할 잠재력이 있는지.

과거를 따져 묻는 피드백 대신, 앞을 함께 설계하는 '피드포워드'. 피드포워드는 미래를 향한 코칭이고, 피드백은 지나온 시간을 점검하는 작업에 가깝다.

사실 완전히 새로운 개념은 아니다. 그럼에도 우리는 여전히 글 자체 수정이나 요약 정리 정도를 피드백이라 부르며, 전체 흐름과 개인의 성장을 놓치고 있을 뿐이다.

보고만 듣고 묵묵부답인 그는, 보고하는 이의 일과 맥락을 모를 뿐 아니라, 어쩌면 자신이 무엇을 알고 무엇을 모르는지조차 인식하지 못한 사람은 아니었을까. 자신의 위치가 무엇인지, 그 자리에 요구되는 역할이 무엇인지, 지금 어떤 메시지를 내야 하는지조차 고민할 필요를 느끼지 못한 채.

진짜 피드포워드는

스스로에게 던지는 질문에서 시작된다.

지금 나는 어디에 서 있는지,

다음에는 무엇을 향해 가고 싶은지.

이 조용한 자기 대화가 조직과 일상에서 더 나은 나를 끌어내는 힘이 된다. 개인의 성장을 확인하는 일과 조직 안에서 역량을 발휘하는 일은 다르다. 후자를 위해서는 먼저 내가 내 일의 주도권을 쥐고 있어야 한다.

그렇게 하루하루 나와의 대화를 이어가는 일이, 결국 내가 설 자리를 만들어 간다.

오늘의 문장

"다음 단계가 보이도록 안내하는 것이

진짜 코칭이다."

이 문장을 읽고 떠오른 나의 말

08

짧은 말에 담긴 무게,
상사의 한 문장

제대로 긁혔다. 아는 사람의 이야기다. 종종 동료들과 한 시간 넘게 면담을 즐기는 사람이 있었다. 참 하릴없게도. 그게 관심이고 애정이라고, 스스로는 편하게 믿는 걸까. 이야기는 늘 길어졌고 쓸데없는 말이 보태지며, 결국 말실수로 이어졌다.

후배는 틀린 부분을 짚고, 의문이 생길 때마다 묻는다. "왜요?", "제가요?" 그 순간 대화는 어색해진다. 질문은 무례로 해석되고 그는 뒤에 가서는 이렇게 말한다. "말대답하는 태도가 참으로 불량하다."라고.

아래 사람을 깎아내리는 일을 자기 위신과 동일시하는 건 권위가 아니다. 그건 연습 부족이고, 준비되지 않음이다. 논쟁을 감당할 힘이 없을수록 목소리는 커지고, 직위는 방패가 된다. 위에 선다는 건 눌러 앉히는 게 아니라, 받아낼 수 있다는 뜻이어야 한다.

이건 세대의 문제가 아니다. 결국 역량의 문제다. 지금이 농경사회도 아닌데, 나이나 직급만으로 존중을 요구하는 순간 권위는 이미 균열이 간다. 지금 조직에서 유일하게 통하는 권위는 실력뿐이다.

독일 통일을 이끈 헬무트 폰 몰트케 장군은 리더십을 네 가지로 나눴다.

멍청하고 게으른 사람,
멍청하고 부지런한 사람,
똑똑하고 부지런한 사람,
그리고 최상으로 꼽은
'똑똑하고 게으른 사람'

멍청한 이는 조직을 잘못된 방향으로 이끌고, 지나치게 부지런한 자는 조직의 성장과 자율을 막는다. 여기서 말하는 '게으름'은 아무것도 하지 않는 태도가 아니다. 윗자리에 선 사람이 모든 걸 쥐고 직접 나서지 않아도, 구성원들이 스스로 생각하고 판단하며 성장할 수 있도록 여지를 남기는 능력이다.

이기는 리더십이 아니라 비켜주는 리더십.
지시하는 리더가 아니라 판단하게 만드는 존재.

핵심은 분명하다. 젊은 세대를 이기려 드는 게 아니라, 이미 '젊어본 경험'을 가진 기성세대가 톤을 낮추고 먼저 품어야 한다는 것.

MZ세대가 까다로운 이유는 젊어서가 아니다. 이들은 디지털 네이티브로 자라 정보 접근과 자기표현을 당연하게 여긴다. "왜 이렇게 해야 하죠?"라는 질문은 반항이 아니라 사고의 방식이다. 이들은 논리와 설득, 공감 기반의 소통을 원한다. 실력과 효율을 중시하고, 자기 커리어를 우선한다.

이 변화를 '버릇없음'으로 해석하는 순간, 그 자리는 조용히 시대 밖으로 밀려난다.

권위는 목소리를 높인다고 생기지 않는다.
직급으로 요구한다고 유지되지도 않는다.
실력으로 증명하면 된다.
그게 어렵다면 판단의 자리를 내어주는 수밖에 없다.

그것이 지금 조직에서 실제로 작동하는 리더십이다.

오늘의 문장

"권위는 설명이 길지 않다."

이 문장을 오늘의 나에게 건네는 말로 바꾼다면

"권위는 설명이 길지 않다."

09

직급을 내세울수록
잃는 것

백석의 시 「나와 나타샤와 흰 당나귀」에서 '나타샤'라는 이름 하나로 세계가 생겨난다. 현실보다 불린 세계가 더 진실해지는 순간이다. 이처럼 이름은 단순한 호칭이 아니라 존재를 불러내는 방식이다.

그런데 일터에서는 종종 정반대의 풍경을 본다. 직급을 신주단지처럼 떠받들며 거기에 모든 걸 거는 사람이 있었다.

"내가 부장급인데, 저쪽은 임원 이상을 만나야 하지 않아?"

"결정도 통보도 실장인 내가 하는 거고, 너희 의견은 형식적으로 듣는 거다."

실무를 누가 맡았는지, 실제 책임이 누구에게 있는지는 크게 중하지 않았다. 그에게 중요한 건 체면과 격식이었다. 내실보다 외형을, 내용보다 명패를 먼저 보는 태도. 일은 보지 않고 간판부터 재는구나 싶었다.

『일터의 현자』의 칩 콘리는 말한다.
생물학적 나이보다 중요한 것은 지위가 아니라 '태도'라고.

뛰어난 판단력과 장기적인 시야, 있는 그대로를 보려는 정직함, 다양한 주파수를 맞출 수 있는 공감 능력, 부분이 아니라 전체를 바라보는 시선, 사람과 세상에 대한 연민. 지극히 당연한 이야기다.

그럼에도 내가 더 오래 붙들게 된 문장은 따로 있었다.
"직함이 당신을 관리자로 만들고, 사람들은 당신을 리더로 만든다."

책에서 말하는 '현자'는 단순한 고문이나 코치, 멘토의 역할에 그치지 않는다. 폭넓은 경험을 통해 이미 겪어본 문제를 먼저 감지하고, 땀 흘릴 가치가 있는 일과 그렇지 않은 일을 자연스럽게 가려내며 방향을 제시하는 사람. 앞에 나서기보다 무게를 대신 짊어지는 존재.

결국

직함으로 높아지려는 사람이 아니라,

경험으로 낮아질 줄 아는 사람이

진짜 현자이고,

진짜 리더가 아닐까.

현자는 답을 독점하지 않는다. 대신 질문을 남긴다. 조직이 스스로 생각하게 만들고, 각자가 제 자리를 찾아가도록 한발 물러선다. 그 물러섬이 무능이 아니라 시간에서 길어 올린 절제라는 사실을 알아보는 조직은 많지 않다.

나는 알게 됐다. 어떤 사람은 직급을 방패삼아 자신의 불안을 가린다는 걸. 더 높은 자리를 요구하고, 더 큰 호칭을 앞세워 스스로를 증명하려 든다. 하지만 그럴수록 목소리는 커지고 존재감은 옅어진다.

그래서 나는 믿게 되었다. 리더십은 요구해서 얻는 것이 아니라는 걸. 사람들이 자발적으로 따라올 때, 비로소 만들어진다는 것을.

오늘의 문장

"리더십은 요구하는 순간 사라진다."

이 문장을 나의 말투로 다시 써본다면

10

조직에 방향을 남기는 법

리더의 역할은 분명 달라지고 있다. 한때 팀장은 "이렇게 해라, 저렇게 고쳐라." 하며 업무방식까지 통제하는 존재로 여겨졌다. 그러나 지금의 리더십은 지시가 아니라 코칭에 가깝다.

실제 리더는 모든 답을 쥐고 있는 사람이 아니다. 구성원들이 스스로 방법을 고민하고, 자기 방식으로 성과를 만들어낼 수 있도록 곁에서 도와야 한다. 팀원들 역시 더 이상 지시를 전달받는 수동적인 존재가 아니라, 자신의 선택과 결과를 책임지는 주체가 된다.

이 변화를 곱씹다 보면 자연스럽게 나 자신을 돌아보게 된다. 나는 어떤 리더십을 추구해왔는지, 그리고 지금까지 어떤 태도로 나와 다른 사람들을 이끌어왔는지를.

사실 나는 앞장서 요란하게 깃발을 흔들고 싶은 사람은 아니다. 빛나는 자리를 탐하지도 않는다. 다만 급한 성격 탓에 내가 먼저 뛰어들어 일을 해치우다 보면 유난스러워 보일 때가 있을 뿐, 마음 깊은 곳에서는 늘 묵묵히 받쳐주는 '킹메이커'에 가까운 사람이길 바라왔다. 이건 오래전부터 분명했던 나의 방향이다.

팀장이라는 간판 뒤에 서면, 사람은 쉽게 조급해진다. 잘 알지도 못하면서도 앞에 있다는 이유만으로 답을 내놓아야 할 것 같고, 이리저리 휘둘리며 방향을 정해 주는 척하게 된다. 이커머스 업계의 전 직장에서, 쇼퍼가 아닌 셀러의 입장에서 세상을 바라보는 일은 생각보다 훨씬 어려웠다. 나 역시 막막했다. 그래서 아는 척하지 않기로 했다. 모르는 것은 모른다고 인정하고, 다 털어놓으며, 묻고 또 묻는 쪽을 택했다.

팀장이라는 이름으로
앞에서 서둘러 답을 내놓기보다,
현장에 먼저 들어가 질문을 던지는 사람이 되고 싶었다.
'어떻게 하면 된다.'를 말하기보다,
무엇이 막히는지를 함께 들여다보는 것.
그게 내가 선택한 리더십의 방식이었다.

비록 방향만 제시해 주었을 뿐이었지만, 어느 순간 팀은 스스로 호흡을 맞추기 시작했다. 각자의 판단으로 움직이고, 각자의 책임으로 결과를 만들어냈다. **결국 리더의 역할은 지도를 쥐여주는 게 아니라, 나침판을 건네는 일이다. 정답을 말해주지 않고, 끝내 질문을 남기는 사람으로 서는 것.**

누군가 먼저 한 걸음을 내딛고, 그 흔적이 겹겹이 쌓일 때 비로소 길이 되어간다. 내가 먼저 걷고 발자국을 남기면, 팀원들은 그 흔적을 읽고 자기만의 보폭으로 앞을 향해 나아간다. 언젠가 뒤돌아보았을 때, 우리가 함께 만든 그 길이 조용하지만 단단하게 그 자리에 남아 있기를. 비록 중간에 하차했지만, 진흙탕을 헤매며 남긴 내 고단한 발걸음에도 분명한 의미가 있었기를, 나는 그저 그렇게 바라본다.

오늘의 문장

"정답을 주지 않아도,

방향을 보여줄 수는 있다."

이 문장을 읽고 떠오른 나의 말

"나는 온전히
내 것으로 남는 일에
마음을 두기로 했다."

우리는 흔히 한 조직 안에서 자리를 얻고, 말 한마디에 무게가 실리는 위치에 서는 것을 '잘된 삶'이라 부른다. 나 역시 한때는 그 자리를 향해 앞만 보며 달렸다. 남들보다 더 빨리 올라서고 싶었고, 뒤처지지 않기 위해 숨이 찰 때까지 버텼다.

그러나 여러 번의 좌절을 지나며 알게 되었다. 삶은 언제나 예측 가능한 방향으로만 흘러가지 않는다는 것을. 아무리 성실하게 애써도, 조직에서의 성과와 평가는 구조와 시기, 타인의 판단에 따라 순식간에 달라질 수 있다는 사실을. 내가 쥐고 있다고 믿었던 것들 가운데 상당수는, 언제든 내 손을 떠날 수 있는 것들이었다.

그렇게 내 것이 아닌 것들을 하나둘 내려놓으며, 비로소 온전히 '내 것'으로 남는 일에 마음을 두게 되었다. 퇴근 후 글을 쓰기 시작한 것도 그 선택의 연장선이었다. 누군가에게 보여주기 위해서가 아니라, 하루를 간신히 지나온 나 자신을 다독이기 위해서였다. 글을 쓰는 시간은 해진 마음을 천천히 꿰매는 과정이 되었고, 숨이 막힐 때마다 숨 쉴 수 있는 작은 산소통이 되어주었다.

이 책은 무너지지 않기 위해 마음을 적어둔 흔적에 가깝다. 정답을 말하기보다는, 스스로에게 질문을 멈추지 않기 위해 써 내려왔다. 우리는 모두, 예고 없이 흔들리는 순간을 맞을지 모른다. 그때를 대비해, 일찌감치 자기만의 버팀목 하나쯤은 마련해 두어야 한다. 그래야 모든 것이 흔들리는 순간에도, 완전히 무너지지는 않을 수 있으니까.

이 문장들이
바쁜 하루 속에서 잠시 멈춰
마음의 방향을 다시 확인하는 시간이 되기를.
작은 숨을 고르는 틈이 되어주기를.

오늘도 감내해낸 자신을
조용히 다독일 수 있기를.
그리고 오늘을 견뎌낸 내면의 힘이

내일을 살아낼 에너지로 이어지기를.

—『버티는 마음을 적어둡니다』를 덮으며

2026년 2월

변한다

"안에 머물던 것들이
밖으로 걸어 나올 시간이다."

1장

참는 선택 앞에 선 날들

"죽지 않았고, 미치지 않았다면 지나고 나면 결국 좋은 것도 나쁜 것도 없다."

"선택을 버티게 하는 힘은, 성과가 아니라 누군가의 믿음이다."

"견디는 사람에게 필요한 건 설명이 아니라, 인정이다."

"오늘도 나는 나를 함부로 두지 않으려고 애썼다."

"노력은 내가 원하는 결과로 가지 않지만, 받아들이는 순간 삶은 다음 길을 내어준다."

"사람은 이상으로 버티지 않고, 자기가 어디쯤 와 있는지를 알 때 끝까지 간다."

"침묵은 이미 끝난 상황 판단의 결과일지도 모른다."

"기대를 줄이면, 관계가 덜 흔들리고 마음이 오래 간다."

"다정함은 일을 오래 하게 만드는 가장 조용한 힘이다."

"몸이 먼저 알려주고, 삶은 그제야 따라 이해했다."

2장
—
물러서며 지킨 것들

"무심함은 도망이 아니라, 나를 지키는 태도다."

"자존심은 밖을 향하고, 자존감은 나를 향한다."

"나는 나를 지켜내는 감각을 끝내 놓지 않기로 했다."

"스스로의 한계를 알고 기꺼이 받아들이는 것, 그것이 내가 닿을 수
 있는 시작점이다."

"남을 보기 전에, 나를 먼저 살피는 게 가장 중요한 일이다."

"진짜 안정은 안주가 아니라 움직임이다."

"설득하는 대신, 통제할 수 있는 것에만 집중하기로 했다."

"권력은 바뀌고, 평판은 남는다."

"경험은 자산이 될 수 있지만, 사고는 멈추면 곧바로 낡아진다."

"아직 정해지지 않았다는 건, 지금도 열려 있다는 뜻이다."

3장

말하지 않은 마음의 기록

"소통은 말이 아니라, 기다림의 문제다."

"섬세함은 겉모습이 아니라, 삶을 대하는 태도에서 드러난다."

"성실은 삶의 바닥을 만들고, 몰입은 삶을 충만하게 한다."

"길은 찾는 게 아니라, 가면서 만들어진다."

"일은 살아온 시간의 진한 향으로 완성된다."

"이별은 상처가 아니라, 성숙으로 가는 과정일지도 모른다."

"바닥을 이유로 세상을 원망하지 않을 때, 나는 다시 걸을 수 있다."

"사람은 다 안다고 생각하는 순간부터 놓치기 시작한다."

"어른이 된다는 건 다 아는 이가 되는 게 아니라 다시 배우는 사람
 이 되는 일이다."

"우리가 훈련해야 할 건 나에게 묻는 습관이다."

4장

버티는 태도에 대하여

"리더는 보고를 받는 사람이 아니라, 책임 앞에 서는 이다."

"문제가 생겼을 때 사라지는 사람은 리더가 아니라 구경꾼이어야
  한다."

"어른이란, 비난보다 성찰을 선택하는 자다."

"프로란 자기 행동과 선택을 스스로 설명할 수 있는 사람이다."

"말이 길어질수록 책임이 흐려질 때, 그건 설명이 아니라 회피다."

"리더는 답을 쥔 사람이 아니라 질문을 여는 자다."

"다음 단계가 보이도록 안내하는 것이 진짜 코칭이다."

"권위는 설명이 길지 않다."

"리더십은 요구하는 순간 사라진다."

"정답을 주지 않아도, 방향을 보여줄 수는 있다."

"나는 온전히 내 것으로 남는 일에 마음을 두기로 했다."

언제나 묵묵히 응원해주시는 부모님께

마음 깊이 감사드립니다.

제가 제 자리에 조금 더 단단히 서는 그날까지

부디 건강 잘 챙겨 주세요.

사랑하는 남편과 아들,

아내로서, 엄마로서

늘 충분하지 못하다고 느끼지만

그럼에도 나와 함께 해주어서 고맙습니다.

그리고 나에게 스스럼없이 곁을 내주던

'변고모와 아이들'의 여러 동료들에게도

감사하다는 말을 전하고 싶습니다.

제 글을 아껴 읽어주시고

조용히 성원해주시는 독자 여러분께도

진심으로 고맙다는 말씀을 드립니다.

당연하지 않은 사랑과 신뢰를

쉽게 받아온 건 아닌지 돌아보게 됩니다.

마지막으로

이 책이 세상에 나올 수 있도록

열정을 다해 도와주신

미다스북스 안채원 팀장님께

깊은 감사의 마음을 전합니다.

이 모든 관심과 애정이 모여 이 책이 되었습니다.

감사합니다.